티벳 만행^{卍行}

신정민 시집

Hexagon

티벳 만행
신정민

2012년 9월 1일 초판 1쇄 발행

지은이   신정민
펴낸이   조기수
펴낸곳   출판회사 헥사곤 Hexagon Publishing Co.
등 록   제 2012-000044호
주 소   경기도 성남시 분당구 미금로 63, 무지개마을 304-2004호
전 화   070-7628-0888 / 010-3245-0008
이메일   3400k@hanmail.net

©신정민 2012, Printed in KOREA
        ISBN 978-89-98145-00-2

티벳 만행^{卍行}

Hexagon

아침 숲 나뭇가지 사이에서 반짝, 하고 빛나는 거미줄을 보았다.
길이었다.

황량한 티벳 벌판 멀리서 반짝이던 길. 부처가 불쌍한 영혼을 위해 내려준 극락거미줄. 잠깐 보였다 사라진 거미줄에서 길을 보았다. 사람들의 선한 눈을 보면 티벳의 얼굴들이 떠올랐다. 빌딩 즐비한 도시의 한 가운데서 여백 가득한 들녘이 떠올랐다. 성급한 문제들을 조금 멀리 놓고 보게 되었다. 올려다 본 하늘의 구름이 어디서 왔는지, 바람이 어디로 갈 것인지 알 것만 같았다.

티벳은 내게 삶의 반환점 같은 느낌이 드는 곳이다. 영혼의 자리를 차지했던 것들을 들여다보게 해준 곳. 다른 여행지에서 느꼈던 것과는 또다른 에너지를 느낄 수 있었고, 실 풀리듯 시들이 쓰여졌다. 여기 저기 써두었던 시들이 모여들었다. 티벳에서 돌아오던 날 들판에서 만난 여인의 허리춤에서 풀리고 있던 스웨터의 올이 생각났다.

나는 가톨릭 신자이지만, 티벳 불교의 이모저모가 기독교와 많이 닮아있다는 걸 알았다. 이타利他와 보리심菩提心. 내가 행복해지려면 타인이 먼저 행복해야 하고, 타인이 불행하면 내 고통을 바쳐서라도 그가 행복해질 수 있게 하는 것. 나를 사랑하는 것이 네 이웃을 사랑하는 것이라던 그리스도의 말씀과 같은 맥락 아니겠는가. 이상향이라 불리는 샹그릴라가 천주교와 불교, 도교가 혼합된 상태로 중용을 미덕으로 숭상하며 살아가고 있다는 걸 감안해보면 결국 우리는 신의 울타리 안에 모여사는 한 가족이라는 생각이 들었다.
그곳에서의 시간들을 담담하게 묶어보기로 했을 때, 보이는 것만 보는 눈을 가진 자라면 티벳을 망가뜨리기만 할 뿐이란 조언을 들었다. 관광으로 순수한 곳을 더럽히고 마는 결과를 낳을바엔 가지 않아야 할 곳이 티벳이라고 했다. 사람들이 가니까 길이 생기고, 열차가 다니고, 집을 더 짓고 있었다. 경이원지敬而遠之. 티벳은 지극한 마음으로 바라보되 멀리해야할 곳일지도 모른다.

태고적 고향을 그리워하는 사람들이 티벳으로 가고 있다. 43시간. 2박 3일 동안 황량한 들녘을 달리던 칭짱열차의 낭만 그 이면에는 티벳을 있는 그대로 두지 않고 변질시킬 사람과 물자들이 운반된다는 것도 생각해보게되었다. 그리운 사람이 보고 싶으면, 잃어버린 것이 있으면 티벳으로 가라던 내 글의 시작은 수정되어야 할지도 모른다. 또한 찰나 같은 시간을 지나쳐온 내가 나에게, 우리에게, 티벳에 대해 무엇을 말할 수 있을까, 의문과 염려가 많았다. 그러나 제주 올레나 스페인 산티아고 순례길 그리고 히말라야 여행지에서 만났던 수 많은 길들이 들려준 얘기와 함께 한 편의 시가 되어준 티벳을 옮겨보기로 했다.

卐 : 산스크리트어로 '스와스티카 swastika', 부처의 가슴에 나타난 길상吉祥_아름답고 착한 징조의 표시. 부처가 지닌 윤회, 성덕과 공덕을 상징한다. 대승불교권에서 불교의 표지로 쓰고 있다.

卍 行

    따시따개: Tashi-Tag-Gye 팔길상 (八吉祥)
          티벳불교의 여덟가지 상서로운 상징물.

  * 붓글씨: 석암 신영준

그리운 사람의 옷을
먼 호수까지 걸어가 적셔본 적 있는가
그 옷의 물기로 입술을 적시고
간절한 그리움을 달래어 본 적 있는가

그리움 없이 사는 건 죽은 것이다

그냥 말해야겠다. 뒤로 빼고, 돌리고, 밀쳐두었던 말. 튀어나올까봐 숨 한 번 더 쉬었던 말, 어금니로 꽉 깨물던 말. 그립다. 여행지에서 만난 풍경과 사람들이. 몸집 커진 그리움 때문에 솔기가 드러난, 가슴 어딘가에서 나도 몰래 무언가 미어지는 느낌. 그래도 참는다면 잃어버릴지도 모르는 말. 그리움.

안데스 산맥 근처에서 양을 키우며 살아가는 어느 유목민의 이야기가 있다. 엄마는 젖먹이 딸을 데리고 돈 벌러 멕시코로 가 정부일을 하러 떠났고, 아빠는 열 살 안팎의 사내아이 둘 데리고 살아 간다. 바람폭풍을 피할 수 있는 동굴집에서 옥수수 가루를 물에 적셔 끼니를 해결하는 가족. 그러다 아이들이 엄마를 보고 싶어하면 아빠는 먼 호수까지 걸어가 엄마의 옷을 물에 적셔오고, 그 옷의 물기로 입을 축인 아이들은 엄마에 대한 그리움을 달랜다. 그렇게 아이들의 그리움을 달래주는 아빠의 눈에 비친 호수.

사람이 그리우면 티벳에 가라
잃어버린 시간이 있다면 티벳에 가라

그리움은 빙하가 되어 흐르고
안타까웠던 사랑은 들녘이 되어 있다
꽃이 된 기억들
만년설이 되어버린 시간들
고통스럽게 얻은 바람의 진언들

신과 우상
나는 둘 중 무언가에 매어 있으므로
치명적인 체험은 시작된 곳에서 끝날 것이다

모든 것을 고통과 상의하는 사람
바람의 말을 들을 줄 아는 사람

움직이는 묵상, 그 조용한 누군가를 만나려면
잃어버린 것들이 보관되어 있는 땅,
침묵의 형벌을 말없이 견디고 있는 땅으로 가라

그러나 그립다, 는 무책임하다

북경발 서역행 기차역사는 떠나는 사람들로 붐빈다
개찰구를 빠져나오고 있는 시간들 역시 등짐을 지고 있다

통조림 캔 속의 옥수수 알갱이들.
카드놀이를 하거나 쪽잠을 자고 있다.

떠난다는 말은 돌아오지 않을 때만 쓸 수 있다

내 몸에서 빠져나가는 유령들
4인실 2층 침대칸 좁은 복도로 간식을 파는 수레가 가끔 지나간다

라사로 가는 길은 여백으로 가득하다
창밖에 펼쳐지는 우아한 지옥이 한가하다

자신의 여행 시간표에서 황야, 라는 글자를 지웠다는 방랑자의
풍경
인간의 사유를 매 순간 줄기차게 거부하는*
하늘 반 구름 반 풍경

지평선이 연주하는 소나타를 듣는다
말뚝처럼 서있는 전신주 사이를 출렁출렁
음계도 없이 건너가는 전선들
누군가의 빛이 되고 누군가의 노래가 되어주려 간다
길을 떠나는 게 나만은 아니다

기압 때문에 터질 듯 빵빵해진 오줌보를 쥐고 화장실을 들락거린다
고장난 산소호흡기가 붙어있는 벽을 향해 돌아누운 적막의 어깨
가 흔들린다

레일은, 살아가는데 필요한 문장에 그어놓은 밑줄

낮과 밤을 가로지른다
아주 오래 전 허허벌판에 레일을 놓는 인부들이
깡마른 상체를 드러낸 들녘에 신기루인 듯 나타났다 사라진다

　*〈티벳 방랑〉, 후지와라 신야

하릴 없이 흙먼지를 일으킨 바람이
달빛 아래 떠오를 저녁의 막사를 흘리고 간다

별빛, 지상에 닿느라 배 고픈 밤이 길었노라고
소리없이 소리없이

창틀에 턱을 괴고 덜커덩 덜커덩 저녁이 온다

방목 중인 노을,

점점 멀어지는 붉은 벽돌집
빙하에 떠내려온 무채색의 지붕들
흙탕물가에서 서성거리는 깡마른 나무와
멈춰버린 풍랑인듯 서있는 설산들
흰 점으로 박혀있는 양떼와
돌맹이 처럼 흩어져있는 야크떼들
대지에 입을 대고 젖을 빨고 있다

저 많은 입들을 먹여 살리는 땅

시작도 끝도 없는 기호들이 무수히 반복된다

서장西藏행 고원이 동토冬土에서 자라는 풀을 찾아 떠돈다
얼룩무늬 대지를 지나간다
거대한 들녘의 포효는 고요하다

시간의 얼룩들,
아주 먼 해저의 기억을 떠올린다

모래가 흘러내리고 있는 저 높은 산은 한 때 깊은 바다였다는 걸
기억한다

식당칸에는 중국인들이 먹다 남긴 음식들이 접시를 핥고 있다
체한 듯 묵지근한 편두통이 창밖을 바라본다

우연으로 먼저 오는 필연,

구름인 듯 몰려와 이내 자취를 감춘다
오래 전 범어사 본전에서 팥죽색 장삼을 걸친 승려들이 그리던
모래 만다라
그 때 난 이미 긴 겨울의 목초지, 티벳에 있었다

우리의 만 년은 신의 하루,

천 년을 배경으로
칭짱열차가 시간을 실어나른다

들녘이고, 꽃이고, 바람이고, 하늘이고, 강이었던 시간
어느 것이 내가 찾는 시간인지 고민하지 마라
벌써 알고 눈 앞에 펼쳐진다

구름의 말을 들어야한다
강물과 바람과 꽃과 길의 말을 들어야 한다
그들의 말이 들릴 수 있게 침묵해야 한다

나의 잘못된 계산, 이틀 만의 천년
녹아 흘렀다 다시 얼고

하늘에 올라 구름이 되기도 하는 인연들
땅에 닿기도 전에 하얗게 얼어버린 영혼의 지문들

들녘, 멈추지 않는 한 획
기차가 달린다

해발 5천m 탕골라 산맥의 눈이 녹아 흘러든 담수호, 추오나가 오
래도록 따라온다

멀리 있어서 더 아름다웠을까

황하의 발원지,
구름 속에 들어온 고도에 빗방울이 떨어진다

긴 먼지꼬리를 뿌리치지 못한 붉은 트럭들이 멀어진다

지루하지 않아서 지루한 풍경

시간 밖에서 기차레일이 휘어진다

칭짱열차는 북경을 출발하여 서안을 지나 황하를 끼고 형성된
감숙성의 란주, 중국의 큰 도시중 가장 서쪽에 있는 청해성의
수도 시닝을 지나 라사로 가고 있다. 고소증세로 힘들어하는
여행객을 위해 공안 요원이 자주 찾아왔다. 외국인 카드에 여

행지의 위치와 방문목적을 적었다. 물을 자주 마셨다. 숨을 쉴 때마다 심호흡을 해야만 했다. 기차레일을 보니 오래 전에 본 '국화차'란 중국영화가 생각난다. 가난 때문에 철도원 남편은 사막 어딘가로 기차레일을 놓는 공사판으로 떠난다. 심장병을 앓는 아내가 남편을 찾아온 날, 인부들의 막사에 마주 앉은 두 사람을 비춰주던 알전구의 불빛, 두 사람의 무릎 앞에 놓인 작은 유리 잔 속에서 모락모락 김이 되어 오르는 국화차. 기차는 그 영화 속의 사내가 놓은 레일 위를 달리고 있다.

열차의 좁은 복도 간이의자에 앉아 책을 펼친다

초판 발행본 그리스인 조르바를 펼치자
좀 벌레 한 마리
당황한 듯 멈춰있다

뭘 읽다 들켰을까, 훑어보니
녹로 위의 흙덩이를 돌리는 조르바
왼손 집게손가락이 없다

항아리를 만들까, 접시를 만들까
궁리에 걸리적거리던 손가락

손도끼로 잘라버린 손가락
깎아먹다 들킨거다

먹어치운 문장 또 없나 들여다보는데
램프를 만들까,
귀신도 모를 물건을 만들까,
조르바의 자유가 묘연하다

그걸 자르다니!
양분 많은 문장 사이에서
은빛 벌레 한 마리
느낌표인 듯 박혀있다

사랑하면 손도끼를 내려치고 아픔을 참을 수 있는 걸까
밑줄 그은 문장 넘기지 못하고 있을 때

창조주가 물레를 돌리다 귀찮아진 흙 반죽 한 덩이,
쉰 두 번의 탈피를 끝낸 내가
습한 길 모서리를 야금야금 파고든다

밤 하늘에 슬어놓은 구멍이 빛나고 있다

기차가 시닝에서 20분 정차했다. 정수리 쪽 한 뼘만큼의 머리
카락만 남겨두고 나머지 머리카락을 다 밀어버린 산동성 위해
사람들의 모발 모습을 한 리밍이란 꼬마가 내렸다. 몸이 아프
니 아무리 좋은 풍경도 소용 없다던 사람이 햇빛을 쐬러 나왔
다. 세상에서 가장 높은 곳을 지나는 은하철도, 칭짱열차. 한
해에 160만명 정도가 이용하고 있고 중국은 라사에서 시가체,
카트만두까지 건설을 계획 중이다. '타는 얼음'이라 불리는 천
연가스를 포기하지 못하는 중국의 상황이라 볼 수 있다.

티벳의 들녘은
완성되는 순간 쓸어버린 만다라

수행승의 손끝에서 떨어지던 색색의 모래 알갱이들,
헤어진 인연들이 거듭된 천 년 후인 지금
거칠고 황량한 저 자갈밭에
씨감자 만한 돌맹이가 되어 뒹굴고 있다

이승은 신들이 꿈꾸는 마지막 거처

멀리

즐거운 지옥과 따분한 극락 사이에

단 한 사람

길을 내며 걷고 있다

없는 길을 가는 사람은 길을 잃지 않는다

누군가 만들어놓은 길을 걷느라 길을 잃고 헤매었구나

걸어야 길이 생기는 허허벌판을 읽는다

그는

내가 모르는 만 년 전 호수의 물고기

그의 몸이 깨진 거울처럼 반짝인다

야크의 힘줄에 꿰어 구슬이 된 푸른 하늘

구르는 달에 구멍을 내어 목걸이를 만드는 여자를 잊는다 해도

이름 없으니 묻지 말라던 비쩍 마른 나무와

청보랏빛 앉은뱅이 꽃이 6월인 듯 눈 앞에 어른거려도

내가 원하는 티벳의 들녘은 완성되지 않을 것이다

그는 신께 바친 절의 횟수를 세지 않아

땅에 닿은 이마의 굳은 살만이 기억하고 있는 시간

그 시간의 깊이만큼 내려가

영혼의 등을 한 번 쓰다듬어 주는 일

손 한 번 잡아주고 오는 일

그것이 오체투지의 전부인 그에게서

낡은 신발보다 못한 내 슬픔을 거두어들인다

한 순간 혹은 덧없음으로 다가와

태어나 단 한 번도 죽어본 적 없는 나를 스쳐간다

환생인가

수장터의 구름이 펄럭인다

태양과 비와 바람이 읽고 갔을 색 바랜 소원들,

오색 타르쵸가 조용히 펄럭인다

길이 멀었던 건 목적지 때문이었다

찰칵, 천 년을 배경으로 16컷 필름이 돈다

어릴 적 크레용 상자 속 12가지 색이 잔상을 남기며 돌아간다

짧고 우연한 순간

필연은 순간 혹은 지나감, 둘 중의 하나다

사진을 찍는 것이 그 순간을 죽이는 것은 아닐까 고민했던 사진
가의 말이 떠오른다

두려울 정도로 강렬한 순간

멀리 길 한 자락, 무지개가 되어 하늘에 닿는다

시위를 떠난 화살, 생은
과녁을 맞추기보다 지나치거나 미치지 못한 채 떨어지곤 한다

한 여름 명치 끝에 걸린 민둥산이 멀어진다
빈 들녘의 자갈밭 사이로 잠행하는 계곡
보랏빛 종모양의 꽃들이 들녘을 잠시 흔들어 놓는다

아주 먼 곳에서

눈이 멀도록 흰 회벽의 성루가

금빛 지붕 아래 파수병이 되어 서있다

그는 언제 내게 말을 걸어올까

살아있는 지금이 생의 전부라고 믿는 나를 티벳은 왜 초대했을까

새벽 5시의 셔터를 누른다

푸르스름하다

풀어헤친 검은 머리 구름

여명 위에 휘날린다

하늘과 땅, 그 사이에 숨겨진 이야기들이

삼원색의 오브제로 펼쳐진다

기우뚱한 각도의 순간들

나쁜 기억을 지우듯

매우 멋진 불협화음들을 지운다

창밖에 떨어진 빛만 가져올 것

단순할수록

간단할수록 좋은 앵글

그림자 없는 나를 찍는다

어두운 방에 조리개를 열고 들어오는 슬픔
슬픔의 농도를 결정하는 셔터를 누른다

신의 땅, 고도 3600m의 라사 ^{Lhasa}가 점점 가까워지고 있다

창문을 기웃거리는 진눈깨비,
그 사람 일지도 모른다는 생각에 바라본다

여행을 떠나기 전 냉장고 청소를 했다. 냉동실 문을 열었더니
눈사람이 있다. 지난 겨울 넣어둔 사람. '안녕! 아이스크림 먹
을래?' '시원한 레몬 쥬스 어때?' 그는 대답이 없었다. 주먹만
해진 두 개의 눈덩이. 기댈 곳 없어 쓰러져 있었다. 그를 떠나
보내기로 했다. 개수대에 옮겨진 그가 흘러내렸다.

스무살 아가씨가 숨겨놓은 애인
몇 년 만에 내린 눈을 뭉쳐서 만들었지
비누 일곱 장을 만들 수 있는 지방과
중간 크기의 못을 만들 수 있는 철을 함께 뭉쳐 만들었지
'안녕, 오늘은 기색이 좋지 않구나'
만두를 냉동시킬 때 처음으로 말을 걸었지

얼린 생선 옆에서 조금씩 증발하고 있는 그에게

'오늘은 무슨 생각을 하고 지냈니'

문을 열 때마다 야위어가며 투명해지는 사람

찻잔 일곱 개를 채울만한 당분과

닭장 하나를 칠 할 수 있는 석회만으로

쓰러지고 기울어지면서 사랑을 기다렸지

눈이 없어 바라볼 수 없었지

입이 없어 오랫동안 기다렸노라 속삭여줄 수 없었지

그녀를 안아줄 팔이 없었지

이천 이백 개의 성냥개비를 만들 수 있는 마그네슘과

장난감 크레인 하나를 폭파할 수 있는 칼륨으로 버티었지

'너와 헤어질 때가 온 것 같아'

통고가 있던 날까지 지켜온 침묵

이별의 슬픔에선

개 한 마리에 숨어있는 벼룩을 잡을 수 있는 유황냄새가 났지

씽크대에 옮겨진 그가

하수관 파이프를 타고 흐르기 시작했지

좁고 어두운, 구불거리는 파이프를 지나 하천으로, 강으로, 바다
로 흘러간 사람

무거워진 구름의 빗방울이 되겠지, 어느 겨울의 눈이 되어 내리
겠지

티벳의 벽화들
언제쯤 입을 열까

두 손 모아 햇볕을 받는다
알빠진 엄마의 브로우치를 모아둔 상자를 열면
눈 앞에 쏟아지던 알갱이들

칭짱열차는 라사역에 들기 10분 전에 처음으로 울었다

채마밭의 농부들이 보인다
척박한 땅에도 사람이 살면 생명이 저리 푸르구나
물가에서 놀고 있는 벌거숭이 아이들이 다가온다
이사를 가는 듯 살림을 싣고 떠나는 작은 트럭들이 멀어진다

과거와 현재를 잇는 접선지

산과 나무와 꽃의 이름이 없는 땅

따시뗄레! 티벳이 내게 건네는 인사
나도 티벳에게 인사를. 따시뗄레!

흙색이 감도는 보랏빛이 안개처럼 피어있다
현호색빛 풀꽃의 환영

티벳엔 구간별 과속방지 시간이 있어 모든 차들이 지켜야 한다. 출발지의 공안초소에서 시간과 방문목적등을 확인받고 다음 방문지에 도착하면 다시 시간과 인원을 체크해야한다. 그 일정들은 중국으로부터 허가받은 가이드가 해결한다. 예정된 시간을 어기면 벌금을 물어야 한다. 주민이나 관광객의 소재파악에 이용되는 것 같았다. 차는 달리다 말고 아무 곳에서나 정차했다. 향탑이 있는 마을 초입에서 멈추었을 때 글을 읽지 못하는 사람들을 위해 불경을 적어놓은 오색 룽다가 펄럭였다. 선을 행하고 자신을 낮추는 사람의 도리, 이타利他의 진리를 익히는 산천이 허공에 나부꼈다. 찻길을 건너는 양떼와 야크들을 위해 우리는 그들이 지나갈 때까지 기다려주곤 했다.

바람이 부는 건

롱다風馬를 날리기 위해서

산다는 건 본디 조금 슬픈 것이라고

빼곡히 적혀있는 진언을 날리기 위해 바람이 분다

병든 목동의 늙은 아내를 위해

출타 중인 스님 대신

사나흘은 되어야 무스탕에서 돌아올 소식

계곡을 떠돌며 양떼를 돌보는 사내가 아직 오지 않았다는

늦은 오후의 전언

보리수확은 가까워지고

하룻밤 새 주인 없는 떠돌이 말들이 먹어치울까봐

온 종일 마른 소똥을 주워온 열 한 살 딸과 함께

담요 한 장 덮고 보리밭 잠을 자는 여자

넌 이렇게 살지마라,

소녀의 이마에 내려온 머리카락을 쓸어주는 중얼거림

바람에 묻어 있다

세찬 바람이 불 때마다 울어대는 야크의 울음소리
수 천년 그 자리를 벗어나지 않는다
척박하고 외진 땅의 사람들 대신 펄럭인다

'라 소로! 치치 쏘소'
신이여! 우리를 보살피소서

녹색 타라,
손바닥과 발바닥과 이마에 있는 눈으로 인간의 위험을 막아주는
여인이여
우리의 안녕을 보살피소서

샛노란 마리골을 엮어만든 환영의 꽃목걸이
하늘과 구름과 불이 물과 흙이 바람에 펄럭인다

시가체 타쉬룬포 사원
아미타불의 화신 반첸라마를 위해 타오르는 버터 향
가난한 사람들의 희망, 황금부처의 뿔나팔 소리가 긴 숨을 내뱉

는다
노란 망토를 입고 학습하러 가는 승려의 발걸음
말갈기를 닮은 모자의 꽃술이 흔들린다

죽음은 없다 다만, 사라질 뿐이다

흰 벽돌담에 짬바를 붙이던 순례자는 죽음이 무엇인지 묻고
침묵은 답한다
노승의 짧은 대답을 이미 아는 사람들
척박한 땅에서 삶이 이뤄지는 이유를 그래도 묻는다

인생이 곧 길이니 험한 길을 갈수록 인생에 공덕이 쌓이는 것

초원에 뛰어노는 야생나귀들아
설산으로 가는 길
카일라스 초입에 머무는 마을 다르쳇에 소식을 전하라

붉은 트럭 바퀴가 진창에 빠졌단다
헛바퀴를 돌리는 진흙은 신이 나고
길을 내는 공사현장 가로지르는 물줄기는 시린 발목을 드러내었다
모처럼 바닥을 드러낸 시간,

유목민의 천막에선 붉은 보라와 청보라 그리고 진녹색의 천을 꼬
아만든 머리띠를 맨 아낙이
보리로 만든 술을 손님에게 건넨다

늘-
비어있으니 조금만 차도 행복한, 단순하게 생각하고 단순하게 사
는 사람들을 보는 동안
내 몸 속의 독성이 빠져나간다

서글픈 눈치
지상에 쌓아놓은 룽다에 오줌을 누고 영역을 표시하는 개 한 마
리, 그는 누구신가
구름 속의 카일라스인가

설산은 거대한 사원
눈 닿는 곳마다 성벽을 가진

서로를 껴안아준 동음이어
하얀 만다라가 잔설인 양 펼쳐져 있다

산양의 목을 묶고 젖을 짜는 아이들아

독수리가 날고 있는 조장터에 가까이 가지마라

눈의 부처, 카일라스가 구름을 부른다

구름의 배꼽 사원,

하늘의 정수리 사원,

바람의 절벽 사원에서 적막이 흩어진다

야크가 풀을 뜯는다

인간의 죄업을 비추어주는 검은 바위, 업경대에 기댄 내 이마가

보인다

산다는 건 타인의 짐을 대신 지고 가는 것

돌멩이에 새겨진 기도문

좌절된 티벳의 독립처럼 희미하나

사람들은 오늘도 깃발을 내건다

마음을 내건다

두 개의 커다란 호수가 떠오른다

검은 빛을 띤 초승달 모양의 락샤스탈

달과 어둠과 죽음을 품고 있다

물고기가 살지 않는다

새도 찾아오지 않는다

푸른 빛의 둥근 모양, 빛의 호수 마나사로바

수초가 자라고 물고기가 살고 새들이 찾아오는 생명의 호수

갠지즈 강으로 흐르고 있다

원래 하나였던 호수에는 두 마리의 황금물고기가 살았다 호수
가 갈라지면서 헤어지게 된 마나사로바 호수의 물고기는 다른
쪽으로 간 물고기가 그리워 두 호수 사이에 굴을 파 지금의 강
가추갠지즈강 발원지가 되었다. 개울을 파느라 비늘이 벗겨진 물
고기는 결국 죽었다

분홍 꽃잎에 노란 꽃술을 가진 룽다

노란 꽃잎에 흰 꽃술을 가진 무명화의 오체투지

다음 생을 위해 피어있는 꽃들의 낮은 자세는 누가 벗어놓은 옷
인가

발가락은 부르트고, 무릎은 멍이 들고, 손바닥은 갈라져

나를 낮춰야 영혼이 높아진다는 것을
구름의 머리 위로 밀어올린 동굴 암벽의 손자욱
바위에 새겨놓은 걸음을 보며 삶이 나를 사랑한다, 확신한다

나의 정상은 가장 낮은 곳

사람만한 산이 어딨는가
숨 두어번 만에 깊은 숨을 들이켜는 고도
다음 생이 이번 생보다 조금 더 낮기를

가는 길에 벗어놓은 옷들은 전한다

야크의 털과 벗어놓은 신발들
이승에서의 삶은 얼마나 많은 위로가 필요한 걸까
육체의 탈을 벗기 전에는 영혼을 찾기 힘들 것이라고
인간은 살수록 어디엔가 죄를 쌓을 수 밖에 없다고
삶은 소비이니까 그럴 수 밖에 없는 거라고
자비의 호숫물이 차갑도록 시리다

구름의 발목
무릎 위로 드러난 하늘의 상반신

가우리 쿤두에 첨벙거리고
눈부신 태양은 풍경을 가로질러 간다

태양,
정면으로 바라볼 수 없는 그것은
둥근 맨홀

매일 아침 떠오르는 저 맨홀뚜껑을 만드는 태양금속공장이 어딘
가에 있다

모든 길의 숨구멍

다진 흙으로 틀을 만들고 쇳물을 붓는 신이 있다
주물 틀 가운데 뚫어놓은 구멍에 미끄러지듯 들어찬 쇳물
식도록 기다리는 신이 있다

한낮의 주물일 때문에 대지는 뜨겁다
형틀에서 떼어낸 둥근 쇳덩이들 속에서 불량품, 나를 찾아 부순다

용광로에 하루를 던져넣을 때 찾아 온 정전

황량한 들녘으로 초대된 자들이 걷고 있다

돌아갈 수 없는 고향,
숨 쉬는 자만이 신을 찾는다

옴마니반메훔. 입버릇처럼 외우는 이 말은 연꽃 속의 보주란
뜻으로, 관세음보살을 부르는 티벳 불교의 진언이다. '옴'은 천
상도, '마'는 아수라도, '니'는 인간도, '반'은 축생도, '메'는
아귀도, '훔'은 지옥도를 이르며 이 육자전언을 외면 육도 윤회
의 길을 막아 실상에 이를 수 있다고 한다.

다람살라에 살고 있는 티벳 아이들의 그림에는 건널 수 없는 강
이 그려져 있다
돌아갈 수 없는 고향이 핏속에 흐르고 있기 때문이다

강가의 절벽에
신과 사람을 이어주는 사다리,
하늘 사다리가 세워져 있다

신에게 하소연하려고 오르던 자들의 사다리
가끔 인간 세상에 내려오던 신들의 사다리
인간의 오만으로 망가진 사다리
그래도 하늘에 오르고 싶은 사람들의 사다리

죽은 자가 밟고 오르는 마지막 절벽
그것은 토막난 철로,

내 일기장 귀퉁이에는
물에서 걸어나와 젖은 머리카락이 마르기도 전에
하늘로 올라가는 내가 있다

히말라야에서 내려오는 길목, 촘롱에서였던가
산비탈에 기대어있는 집 마당에 방금 감은 머리를 말리는 내가
있다
얼기설기 엮인 대소쿠리 안에 병아리들이 놀고
처마 밑에는 걷지 않은 빨래가 있는 집
큰 키의 허리까지 내려온 검은 머리카락을
깊은 낭떠러지 계곡에 풀어놓고 길을 노래하는 내가 있다
사방형 꽃무늬가 금박으로 박혀있는 붉은 치마가
오래 입은 옷처럼 눈에 익어 자꾸만 뒤돌아보던 내가 있다

나는 오래 전의 나를 그렇게 지나쳤다

또 다른 나는 무심히 콧노래를 하고

두 개의 젖은 풍경 사이에서 홀로 마르던 햇살

하늘 사다리,

죽은 자가 산 자를 위해 허락한 첫 선물

산 자가 죽은 자를 위해 해줄 수 있는 마지막 선물

더 이상 오를 수 없는 곳에서 나는 내가 간절했다

숨겨둔 눈물 때문에 건조한 날씨

내가 나를 배신해도 굴러가는 구슬처럼

기울어진 곳으로 굴러가 처박히는 둥근 슬픔, 그것은

녹슨 칼에 베인 가슴

때가 되어 한꺼번에 핀 꽃들

첩첩 산중의 옷깃, 조금씩 흐려지고 있는 능선 때문에 숨이 찬다

흐르지 않는 듯 흐르는 강은 이방인의 목에 둘러주던 카타스*

—카타스katas: '동여맨 천'이란 뜻으로 꽃이 거의 피지 않는 티벳에서 존경의 몸짓으
로, 축복의 의미로 지복至福의 목도리를 걸어준다.

이 넓은 땅에 환영의 인사가 흐르고 있다

수장터에 바람이 분다

마실 수 없는 강물에 몸을 담근 넙적바위

아무도 몰래 행해진 일의 그림자인 듯 묻어있는 핏빛 얼룩

아마도 어린아이였을 거라고 바람이 귀띔해준다

고개를 돌려 절벽 바라보니

선명한 사다리 하나 그려지고 있다

깨금발을 딛고 오르는 아이가 보인다

서너 계단 올랐을 뿐인데

발밑 아찔한

낙서,

천국과 지옥은 살아있는 동안의 영토

죽어야 갈 수 있는 천국보다 살아있는 지옥을 택하련다

해가 뜨기 전에 새를 불러야겠다

회오리 바람 대신

점 하나에 매달려 있는 여섯 개의 꽃잎과

비뚤어진 줄기에 돋은 잎사귀 대신 그려진

죽은 나를 위해 내가 준비한 선물,

절벽에 세워둔 계단에 올라서서

담장 너머의 눈부신 하늘을 위해 눈을 찡그린다

사는데 기원없이, 누군가의 도움없이 이뤄지는 일 있던가

새를 쫓다 넘어진 팔꿈치에서 끊긴 길

절벽에 하얗게 서 있다.

티벳의 장례풍습에 다섯 가지가 있다. 라마 처럼 깊은 수행을 한 승려, 즉 큰 스승 수행자인 라마만 할 수 있는 탑장, 보통 스님들과 경제력 있는 사람들이 하는 화장, 천장으로 알려진 조장은 평민들이 대부분 하고, 어린 아이나 병자들은 수장을 한다. 그리고 악행을 많이 저지른 사람이나 덕을 많이 쌓지 못한 사람들은 환생하지 말란 뜻으로 땅에 묻는 토장을 한다. 시신을 묻을만한 땅이 없는 환경이다 보니 그렇게 된 듯. 모든 장례는 새벽 일찍 시작해서 해뜨기 전에 끝내야 한다. 수장 때문에 티벳인은 물고기를 먹지 않는다. 특히 조장은 죽은 자가 생기면 스님을 부르고 영혼을 위한 모든 의식과 새를 부르는 의식을 치룬다. 시신을 처리하는 사람이 따로 있어 경건하게 의식이 치러진다. 먼저 내장을 처리해서 독수리에게 주고, 다음에 살과 뼈를 발라 잘 먹을 수 있도록 하고, 그래도 남은 육

신은 빻아서 밀가루와 섞어 한 점도 남김없이 새들이 먹을 수
있도록 한다. 새들이 먹지 않으면 영혼이 깨끗해지지 않은 것
이라 여겨 불길하게 생각하고 장례절차를 다시 밟는다. 티벳의
강가에 있는 절벽에는 하얗게 그려진 사다리들을 볼 수 있다.
하늘 사다리라고 불리는 그것은 수장된 사람들이 그것을 밟고
하늘로 올라가라고 가족들이 그려놓은 것이다.

돌소금

해발 칠 천 백미터
탕골라 설산 아래서
누군가 흘린 지폐뭉치를 줍는다

열장에 1원인 세상에서 가장 작은 돈
화장실 다섯 번 다녀올 수 있는 돈을 쥐고
백 년 쯤 버티었나
내 것 아닌 것들이 분명해진다

내 곁에 다가온 구걸 소년
걸인으로 환생한

천 년 전의 부처에게 돈을 건넨다

돈을 받아쥔 소년이 내 손에 쥐어준 암염 세 조각

흰 산에서 가져왔다고 가리킨다

만년설이 된 바다

소금덩어리가 되고 만 시간이

내 손바닥 위에서 빛나고 있다

혀끝에 대어보니 씁쓸한 영혼의 눈물맛

붉은 소금의 노래가 들려온다

하늘 저편에 있는 초원아

흰 돌과 눈이 덮인 동쪽의 고산은 이렇게 험난하구나

가족을 떠나고 싶지 않지만 오늘도 말과 함께 멀리 가야하는구나

30일 저녁에 결혼하고 초하룻날 길을 떠난다고요

당신은 정말 양심도 없군요

떠나려거든 나랑 결혼이나 말지

나랑 결혼했으면 떠나지나 말지

아내의 노랫소리 따라나서누나

당신과 결혼하느라 빚을 많이 졌네
가지 않으면 빚을 갚을 수 없어

당신이 빚을 졌어도 괜찮아요
내가 베를 짜서 빚갚는데 도울께요

당신이 천을 짜도 충분치 않아
베 짜는 것만으로는 담배도 사 피울 수 없어

당신이 빚을 졌어도 괜찮아요
노새를 팔아서 갚으면 되지요
집 앞에 있는 밭을 팔아서 갚으면 되지요
돌도 기왓장도 말 할 수 있는데, 왜 당신은 대답이 없나요

아내의 노랫소리 따라오네

닌첸 강은 언제나 거꾸로 흐를까
큰 강은 길고 길지만 다시 만나지 못한다네
흘러간 강물은 돌아오지 못하기 때문이지*

하늘의 턱밑까지 차오른 만년설

바다를 모른다하니

입 벌린 양들아

붉은 소금 줄 터이니 따듯한 젖을 다오

강이 멈추지 않는 한 나의 일은 멈추지 않아

염정에 떠 있는 구름아

돌탑 우물에 차올라라

우기에 넘친 강물이 염전 망가뜨릴 때

물지게 출렁출렁 이고 지고

절벽에 기대어둔 외나무 사다리 올라가자

나귀야 가자

떠나고 싶지 않은 나귀야 가자

좀 더 많은 보리 얻어오마

소금자루 싣고 차마고도 건너는 마방의 사내들

강이 멈추지 않는 한 고향에 머물 수 없다네

다시는 소금물 긷지 않게 해주세요

다시는 소금물 긷지 않게 해주세요

물 긷는 아가씨들

길고 긴 강의 쓰라린 후렴,

붉은 천 년의 노래 멈추지 않는다

고성古城 길에 깔린 붉은 오화석五花石이 반짝인다

*차마고도 나시족 염전 여인들의 노래

 티벳의 소금장수

그는 슬픔과 미움이 가득한 이 세상에 나타났다네

깊이를 모르는 강, 너와 너의 말만이 건널 수 있는 강이 나타났다네

여기 오래 있지 말고 지하세계에 가서 죽은 자의 영혼을 살려라

흰 빛을 따라가거라

가서 게사르 왕의 후손들과 말에 대한 얘기를 해주고 오너라

돌탑을 쌓고 마른 풀로 향을 피워주마

말린 야크 포와 보리가루를 챙겨라

바지춤에 소금 훔쳐올 여인은 호수에 갈 수 없단다

욕심 많은 여자여, 그대가 호수에 가면 소금이 사라지지
야크 등에 소금자루 싣고 휘파람 불며 가자

염소바위 지나갈 때
욕을 해서도 안되고 미워하는 마음이 있어서도 안된단다
그 때부턴 소금의 언어를 써야한단다

풀이 없으면 야크를 빨리 몰고
풀이 많으면 천천히 몰아야 해
야크를 돌보는 목동들아, 소금자루 싣고 간 행렬의 흔적을 따라
가렴
풀이 없어 흙을 먹고 아픈 어린 짐승 위해 기도하렴

소금호수 가는 길

황금 나무 밑대로 소금꽃을 피우는 노동요,
소금을 거두는 건 신의 뜻이라네
우리를 굶어죽지 않게 해주는 신께 감사드리네
Matsenten Gyalmo,
소금호수 엄마에게 잘 보여야해
소금이 항상 나오는 것이 아니니

엄마가 소금을 많이 줄 수 있게
8일만 머무르렴
9일 째 되는 날에는 떠나야 한단다

욕심 많은 여자가 소금을 훔치면 소금이 사라진단다

소금이 많은 건 신과 라마의 덕
소금의 여신이 호의를 베풀어준 것
야크들도 좋아할거야
소금이 많으면 배고프지 않는다는 걸
풀도 없는데 여기까지 왜 왔을까
어린 야크들 궁금하겠지

소금 자루 묶는 사내들아
실과 바늘을 노래해라
튼튼하게 묶지 못하면 소금맨이 아니지
야크의 등에서 소금이 떨어지는 나쁜 바느질 후회하지 않으려면

다음에도 많은 야크와 동료와 다시와서 일할 수 있게 도와주세요
야크의 희생을 기꺼이 받아주세요
당신의 착한 아들들, 집에 안전히 즐겁게 돌아갈 수 있도록

휘파람 불며 야크를 몰고 집으로 갈 수 있게 도와주세요

짬바로 만든 야크
소금 신께 바치고 오너라, 목동아

-45일 간의 소금채취여행으로 1년을 먹고 사는 티벳의 소금장
수들. 지금은 현대화 된 소금산업이 그들의 생계를 위협하고
있다. 티베탄 소금 유목민들의 존재에 대한 권리를 위협하고
있는 것이다. 소금맨의 수가 적어지는 건 티벳 문화 전체가 상
실되는 것이다.

해발 3950m
히말라야 작은 부락 남걀의 하루는 사원에서 시작된다
묵은 기름때 끈적끈적한 놋쇠주전자에서 미지근한 양젖
열일곱 살 춘베의 아침식사가 데워지고 있다

그가 가진 전 재산,
비쩍 마른 말 두 필은
친절을 베풀 수 없는 안개와 함께 방목지로 떠나고 없다

사원을 돌며 진언을 외우는 한 무리의 구름떼
고즈넉한 쓸쓸함은 차라리 숙명,
청춘을 방목 중인 그의 이야기는 회갈색 평지를 건너고
사는 게 고통이라면 그냥 웃으며 살겠다는 춘베의 웃음에
히말라야 설산 몇 개를 넘고 있는 고향이 묻어있다

내가 살고 있는 이곳이
내 삶과 맞지 않는 곳이 아니라
내 삶이 이곳과 맞지 않는 것이라고
하늘이 마음을 비운다

새카맣게 탄 얼굴에 번지는 어린 마부의 미소
기르는 말이 살 찌면 어린 양 스무 마리와 바꿔 돌아가리라
가을 걷이 끝난 들녘에 남겨진 보릿대 같이
청춘의 어깨에 앉은 햇살 한 손 선명하다
비어있는 마음에 길을 낸다

바쏨소 호숫가
골동품을 파는 수레에
야크의 요령이 놓여있다

가난한 양치기가 철판 두들겨 둥글게 돌려붙인 가장자리

긴 가뭄 목초지 떠돌다

노을 대신 연꽃으로 피는 저녁을 품고 있다

몇 번 째인가

고도를 벗어나면 죽는 짐승의 목에 걸려

당그렁 당그렁 덩, 백년을 견뎌야 다음 생으로 갈 수 있는 윤회

히말라야 설산에 두고 가야할 내 정처

마음도 내 것 아니었다고

샹그릴라 롯지 삐거덕거리던 나무계단 아래

접고 또 접은 이름 돌에 눌러놓고 내려온다

다시 만나자는 약속 따윈 하지 않아

흔들리지 않는 수레 위에선 울 수 없는 생이

거칠게 깎은 나무 불알 종소리에

당그렁 덩 당그렁 덩, 나직하게 울린다

경험의 좌판 위에 진열된 소리사발들
소리를 멀리 떠나보낸다
사막을 가로질러가는 여우의 귀가 열린다

글자를 모르는 사람 대신 불경을 읽는 바람의 밀교
전생에 대해 묻지 말자

흘러가는 구름들 양떼로 성불하고
알지도 못하는 거리에 있으면서 북극성으로 빛나는 별들
까마득한 나이의 호수가 되어 저 홀로 출렁인다

검은 짐승의 눈망울을 가진 하늘
찰나인 듯 쥐고 흔들어본다

당그렁 당그렁 덩, 당그렁 덩 당그렁 덩

어쩔 수 없이 영혼이란 말을 쓰고마는 요령 소리
멀리서 깊은 밤이 움직인다

방울을 잃고 고도의 절벽에서 내려오는 짐승이 있다

뿔, 은 착한 짐승의 이마를 뚫고 나온 생각^{生角}

죽통밥을 먹는다
장마가 시작된 갈멜수도원 뒷마당 대밭에 솟구친

끝이 뾰족하지 않으면 아프겠지
흙의 잇몸이 근질근질하다

옹벽에 피는 꽃이 그랬듯이
겹겹의 가죽을 뚫고 오른다는 건 힘겨운 일이다

생각,
누굴 찌르겠다는 것도 아니고
풀을 뜯는데 써먹겠다는 것도 아니다
제 몸 가려운 곳 긁어줄 수도 없다

혀에서 막창까지 버릴 것 하나 없다는 몸
소를 잡아서 뿔을 어디 버렸는지 물어본 적 없지만

왜 솟구쳤는지 한 번도 생각해 본 적 없는 생각

한 바탕 푹 쪄낸 밥그릇되려고
비만 오면 치솟았나

나무는 숲의 생각
인간은 움직이는 생각

내 이마에도 간지러운 뿔이 솟고 있나 만져본다

여름 궁전 노부링카는 화분이 많다

넓은 대지를 두고 꽃들은 왜 화분에서 자라는가

둥글게
일렬종대로
피어있는 화초들

희고 넓은 벽을 지나
기역자로 꺽여있는 회랑을 지나
처마 아래 이름 없는 꽃들이 걸어간다

꽃인 듯 피어있는 나무고양이

꽃잎인듯
지붕 마루에 앉아있는 황금 양 두 마리
머리맡에서 펄럭이는 하늘을 오물오물 씹고 있다

꽃이 꽃이 아닌게다

화분은 죽은 승려들의 넋

그들은 기억으로부터 어떻게 자유로워졌을까

쏟아지는 햇살에 핏기가 없다
그림자를 키우는 회당의 이름 없는 꽃들
다람살라의 좁은 골목으로의 망명은 언제 돌아오는가
그날의 비명은 왜 침묵으로 서성이는가

조롱 속의 구관조가 조용하다

목숨은 지워지지 않는 한 폭의 탱화

1959년 여름 마당을 물들인 12만명의 피는

온 적 없는 빗물에 씻겨 기억 속으로 스며들었다

7백년이 지난 지금도 벽화의 색은 변하지 않는다

변할 수 없다

황석을 갈아서가 아니다

어린 승려가 탱화수업 중에 졸고 있어서도 아니다

궁을 떠나는 달라이 라마의 아홉 시

그때 멈춘 시계는 인도 대사가 선물한 고양이 그림액자와 함께

게스트 룸 문지방에 걸려있다

주인 없는 사원,

구름은 지상까지 내려와 울고

인도의 다람살라 평원은 고요 속에 웃는다

악한 행동을 해선 안된다는 것을 알리기 위해 생긴 천국과 지옥

햇살 가득한 숲 속에서

한바탕 재잘거리는 빛들의 단청집이 비친다

여름 궁전의 눈부신 그늘

말을 한다는 벽화는 어디에 있을까

여름 궁전의 새는 어디에서 울고 있는가

꽃을 가꾸는 노승의 작약은 누구의 소원인가

정원에서 시간 보내는 것을 좋아한 텐진 가쵸
러시아 황제에게 보낸 장미들이 피어있다
처마 밑 가지런히 줄지어 놓인 화분들의 뿌리는 대지를 원한다
시들지 못한 꽃들의 핏기가 흥건하다

저 넓은 대지를 빼앗기고 흙 한줌에 웅크린 뿌리들

허리를 구부려 향기를 맡은 들
벌과 나비 없는 화원은 허무할 뿐이다

죽음과 내일 중 어느 것이 더 빨리 올지 모른다는 속담이 핀다

시간이란 사막을 건너는 상인의 낙타처럼 지나가고
낙타의 짐은 영혼, 그렇게 천천히 지나간다

구름이 제 자리를 찾아 떠난다

눈물을 훔친 손수건,
사원의 창문마다 비단 커텐이 바람에 펄럭인다

'쿤둔'은 '존재', '붓다의 존재'라는 뜻이다. 달라이 라마는 몽고 호칭. 달라이 Dalai는 몽고어로 '대양'이라는 뜻. 티벳어로는 '가쵸'가 대양이라는 뜻을 가지고 있는데 가쵸를 몽고어로 번역한 것이다. '라마lama'는 불교계의 소승 중에서도 일반승려가 아닌 툴쿠로 지목된 사람을 부르는 티벳어이다. 3대 달라이 라마가 자신을 따르던 몽고인들을 티벳 불교로 개종시키고 승려가 된 사람도 수십만 명이나 되었다고 한다. 티벳어 불교 경전을 몽고어로 바꾸는 작업을 하였고, 몽고인 대부분이 달라이 라마를 스승으로 받들었다고 하는데 이 때부터 달라이 라마, 라고 부르게 되었다 한다. 그러니까 2대 까지는 달라이 라마라는 호칭이 붙지 않았다고. (우리가 흔히 '몽고'를 '몽골'이라 부르기도 하는데 이는 중국이 몽고를 격하시키려는 의도로 쓴다는 것. 몽고 유목민들의 집, '게르'를 '빠오'라고 부는 것도 마찬가지라고)

13세기에 있었던 몽고의 유라시아 정복 때 몽고에 대적할 나라가 없어 티벳은 분열되었다. 몽고의 속국이 된 1268년까지 티벳은 통일되지 않은 채 남아 있었고, 티벳은 몽고가 두 나라를 정복한 이후부터 중국 통일 왕국의 일부였다. 중국과 티벳은 몽고의 속국이었지, 몽고가 중국의 일부로 티벳을 통치한 적이 없으므로 티벳이 중국의 일부라는 주장은 억측이라는 것. 티벳이 중국의 일부임을 무력으로 강요된 협정, '17개조 협정'에 인도나 미국, 영국, 국제연합 등 강대국들이 침묵했다는 것. 티벳과 마찬가지인 대승불교인 우리나라도 그 협정에 침묵했다는 것. 회색빛 그늘의 역사에 우리는 어떻게 비춰질 것인가.

그는 이름 없는 화초를 그린다
폭력에 뿌리를 내린 목숨들

그의 그림이 완성되면 화초는 죽는다
그림이 되려고
이름 없는 식물이 되려고

좁은 화분에 뿌리를 내릴 수 밖에 없는
할 일을 마친 식물은 죽는다

캔버스의 바탕은 끝없이 덧칠된 검은 색
티벳 사원의 사다리꼴 창틀이 모두 검다

천 년에 걸쳐 그려진 화분 속의 꽃들

그의 그림은 티벳 사원의 내부처럼 어둡다

누군가 울고 있어 내가 웃는다

세상에는 울어야할 울음의 양이 정해져있다
우리 모두 조금씩 울음을 나눠서 가졌던 것이어서
누군가 울면 내가 울어야 할 울음이 줄어들었다

슬퍼도 눈물이 나지 않는다
누군가 어디서 멈출 수 없는 울음을 우는 모양이다

그를 사랑해서 얻은 내 슬픔과 나를 사랑해서 얻은 그의 슬픔의 합
하루의 지루함에서 그가 떠나고 난 뒤에 찾아온
하루분의 두려움을 뺀 허수 같은 울음
겨울과 여름의 무리수
잠시 빌린 나팔꽃 화분을 볕드는 베란다에 내놓는 웃음
둘의 합은 제로다

제로섬 게임

더하면 제로가 되는 실수들

빵이 되고만 물과 밀가루의 비율처럼 제로에 가까워진 사랑

제로에 가 닿으려고 하는 시간을 곱한다

나도 모르는 어딘가에서 기우제를 올리는 연기가 피어오르고 있다

나의 알 수 없는 중얼거림 때문에 숲의 나무들이 소리 없이 흔들

리고 있다

내가 마신 물 때문에 너는 항상 목이 말랐다

웃을 때 다 웃지 않는다

누군가 어디서 웃어야 하니까

울 때 다 울지 않는다

누군가 어디서 울어야 하니까

내가 행복해서 네가 불행한 것이다

당신 더하기 나는 제로다

티벳이 울고 있다

전통 복장 츄빠 ^{chu-ba}를 입은 노파

홀쭉한 바랑 메고

한 손은 말라를 돌린다

다른 한 손은 마니차를 돌리고 있다

머리에서 발끝까지 맞물린 톱니바퀴

어렴풋 보이는 붓다의 미소

저절로 겸허해진 업

키가 작다

먹기 힘든 간식

껍질 속에 말라붙은 해바라기 씨앗을 씹는다

태어나서 한 번도 자르지 않은 머리를 땋아서 머리에 올린

야크 분비물로 지핀 불 냄새가 풍기는

순례자의 얼굴을 스친다

다이아몬드와 옥과 금과 산호로 덧입혀진 석가모니의 얼굴을 걷

어내니

옻칠 선명한 다갈색 나무 부처, 야윈 순례자의 얼굴이 보인다

세상의 모든 악을 심호흡으로 들여마시고
숨을 내 쉴 때는 자신의 좋은 기운 만을 내보낸다는 스승들

어린 아들은 수레에 앉아있고
말 잘 듣는 딸은 걸려서 사원에 도착한 농부가
그늘 아래 피어있다

노승이 지어줄 아이의 이름은 무엇일까

콧등에 칠해놓은 숯검댕이
못생긴 것은 귀신도 안데려가
눈물 콧물 범벅인 얼굴 씻기지도 않았다

색 바랜 오방색 앞치마를 두른 노파가 돌고 있는 사원
만다라 귀퉁이에 쏟아진 햇볕이 간지럽다
멀리 천불폭포 떨어지는 물소리가 소리없이 들린다

양에서 얻은 털과 암탉이 낳은 알
밭에서 일군 보리와 밀, 그리고 감자가 키워준 아이는

부모의 유일한 재산

모든 길은 사람에게로 간다

넓은 바코르 광장의 조캉사원은 반신반귀의 심장
원숭이에게 청혼한 여자의 후손들이 모여드는 곳

양이 나른 흙으로 지은 장족의 땅,
거룩한 산양의 땅에 야크 젖으로 만든 버터향이 피어오른다
흔들리는 촛불 꺼지지 않는 촛불

선도 아니고 악도 아닌, 그 가운데 있는 성불

선은 흰 구름, 악은 검은 구름
둘을 가리면 해가 나오지 않는다
선과 악, 둘 다 벗어나기 위한 오체투지

그들은 오늘도 오체투지로 성지를 향해간다

하늘과 땅이 영원한 까닭은 스스로를 위해 살지 않기 때문
하늘과 땅을 닮은 사람들, 하늘과 땅인 사람들

오체투지五體投地.

불교신자가 삼보三寶(불보佛寶, 법보法寶, 승보僧寶)께 올리는 큰
절로 고대 인도에서 행해지던 예법 가운데 상대방의 발을 받
드는 접족례接足禮에서 유래한 것이다. 자기 자신을 무한히 낮
추면서 삼보에게 최대의 존경을 표하는 방법으로 양무릎과 팔
꿈치, 이마 등 신체의 다섯 부분이 땅에 닿기 때문에 이런 이
름이 붙었다. 땅바닥에 몸을 쭉 펴서 손끝이 닿은 곳에서 다시
오체투지가 시작되는 예이다. 자벌레 처럼 온 몸으로 고통을
읽어가는 것. 자기를 없애고 다른 사람을 공경하는 것. 그 힘
겨운 여정이 결코 자신을 위한 것이 아니라니. 타인, 즉 중생
을 위한 것이라니. 내가 아닌 타인을 위해서 자신을 그처럼 혹
독하게 내몰 수 있다니.

삼보일배三步一拜는 세 걸음 걷고 한 번 절하는 행위를 반복하는
불교의 수행법이다. 삼보에 귀의한다는 뜻으로 1보에는 이기심
과 탐욕을 버리고, 2보에서는 속세에서 더럽혀진 진심을 멸하
고 3보에선 치심을 멸하여 나쁜 업을 물리치고 모든 생명을 돕
겠다는 서원예이다.

어느 생에서고 고통은 마찬가지
지나갈 이 번 생의 고통을 저축하는 사람들
세 걸음 살고 한 번 죽는 오래된 의식
고통을 사는 것이 천국인 사람들
머리와 배와 무릎을 차례로 땅바닥에 눕히면서 생불을 찾아간다

티벳의 한 아이가 차에 치여 죽었다. 사고를 낸 운전자가 법의 심판을 기다리고 있었는데 그 아이의 부모가 재판관에게 찾아가 '그 사람에게 벌을 내리면 죽은 자신들의 아이가 천국에 편히 갈 수 없으니 그의 죄를 용서한다.'고 했다.

허우적거려 보면 안다
바닥이 얼마나 절실한 것인지
죽을 것 같은 그러나 죽고 싶지 않은 발버둥
발끝으로 애타게, 참으로 간절하게 원했던 바닥
바닥을 디뎌야 오를 수 있잖은가

온 몸으로 바닥을 경배하는 그들의 목숨은 영원하다

사원에 닿았으나

경내에 들지 못한 자들의 공양

빈 손이면 어떠랴

손수 만든 버터 한 통

향탑에 지핀 마음이면 충분하다

지옥에 있는 사람들의 영혼을 도와

지렁이로 환생한 부모

배추벌레로 환생한 누이를 살핀다

다음 생엔 조금 나은 삶을 달라고 더불어 빈다

중국의 재난을 없애려고 측천무후는 열 두 살 부처상을 빼앗으려 했다. 승려들이 감추었다 찾아낸 등신불. 티벳인들은 불상을 보면 생불을 보는 것이라 믿는다. 그래서 친견하려고 얼어붙은 강을 건너고 치솟은 산을 넘는다. 건널 수 없는 강에 닿으면 그 만큼 헤아려 절을 하고, 넘을 수 없는 벽에 닿으면 그 높이만큼 헤아려 절을 한 후 지나간다. 단 한 걸음도 놓치지 않는다

살아있는 것들을 죽이지 말 것

거짓말 하지 말 것

욕망을 갖지 말 것

무엇보다 부처를 죽일 것

그들은 살아있는 부처와의 약속을 기억한다

나는 야망을 실현하려고 살지만, 그들은 그것을 버리고 살려고

애쓴다

온갖 보석과 황금으로 치장된 가쵸들의 영탑

가난한 그들의 신은 화려하다

보물 있는 곳에 마음 있다 했던가

내 눈의 황금은 그들에게도 황금

가진 것을 다 내놓고 빈 손으로 돌아간 흔적들

순례자들의 지폐가 곳곳에 수북하다

사원 안에선 사진을 찍을 수 없다고 승려들이 손을 내젓는다

색색의 공단천을 이어붙인 기둥들이 천정 여기저기에서 내려오고

촛불에 그을린 황금빛 허공 한 가운데

웅장하게 앉아있는 생불生佛의 눈빛 또한 그윽하게 내려온다

벽면 책장 빛 바랜 보자기가 품고 있는 책들은

영탑을 도는 순례자의 소원을 기록한다

무엇보다 부처를 죽일 것

친견,

말 없는 부처에게서 어떤 말을 들었을까

닿았으니 떠난다
돈 벌러 동충하초를 찾으러
사원으로 돌아가 다시 오래 전의 승려가 되려고 떠난다

티벳의 소금장수들이 소금호수까지 가는 동안 추운 밤을 보내는
모닥불에 던져질 나무 장작들이 모여 회의를 했다.
'오늘 밤엔 누가 들어갈거야?'
'난 안갈래.'
'나도 싫어!'
나무들은 서로 불 속에 들어가기를 미뤘다. 그 순간 우두 Wodu라
는 나무가 선뜻 '내가 갈게.' 라고 말했다. 황금빛이 도는 우두는
땅 속에서 자라는 나무로 비가 오면 찾을 수 없는, 귀한 나무였다.

나무의 왕,
수령 2500년 된 나무의 수행법은 한 자리에 오래도록 머무르는 것
말타는 자세로 오래도록 버틴다는 참장공

움직이지 않는 것과 아무 것도 하지 않는 것은 정말 어렵다

우주목,
그 아래 서면
차마 욕심마저 소원이 되고 만다

나무는 키가 큰 기도하는 사람,
나는 걸어다니는 나무,

그의 백성인 듯
무릎을 꿇고 향탑에서 타고 남은 재를 긁어내는 노파
양동이에 담긴 쐐기풀

어제는 들녘에 서 있었으나 오늘은 재가 되었다

풀을 뜯는 림지의 검은 돼지들은 살이 찌지 않고
한낮 쏘다니다 어스름 저녁이 오면
잊지 않고 찾아온 집 앞에서 문이 열리길 기다린다

집,
집으로 가면서도 집이 없던 이상한 슬픔이 도진다

달은 스스로 빛을 내지 않는다

모든 생명은 언젠가 나의 어머니였던 적이 있다

멀리 길이 반짝인다

아침 햇살에 잠시 비친 거미줄

거미줄을 붙잡고 극락으로 올라가는 사람이 보인다

평생 다른 사람의 짐이었던 사람

남의 집에 불을 지르기도 한 사람

살아 생전에 행한 착한 일 하나,

발밑으로 기어가는 작은 거미 한 마리를 밟아죽이지 않은 것

그를 지켜본 석가모니

연못 연잎 위에서 거미줄을 잣고 있는 극락 거미

그 거미줄을 지옥 바닥으로 내려준다

줄을 붙잡고 그가 극락으로 올라가고 있다

발밑으로 멀어지는 지옥

그러나 사내여 쾌재를 부르지 마라
수 없는 죄인들이 그 줄을 잡고 너의 뒤를 따르고 있다
걷고 있는 그 길이,
가느다란 거미줄이 어떻게 저 많은 사람들의 무게를 감당할까
나까지도 지옥으로 곤두박질치면 어떡하나 염려치 마라

이 길이,
내 것이라 고함치는 순간 그 서슬에 길이 뚝, 끊어질 것이다
비명 지를 사이도 없이 바람을 가르며 팽이처럼 뱅글 뱅글 돌면서
암흑에 쳐박힐 것이다

나도 그의 거미줄을 붙잡고 오르고 있다

흑요석 속에 가부좌를 튼 부처
왜 하필 돌이었을까

인간의 가슴이 돌과 같아서

다른 돌에 의해서만 깨질 수 있어서

내가 느낀 고통은 내 안의 모서리가 깨지는 것
강의 하구에서 발견되는 둥근 돌이 되려고
물의 어금니로 굴려놓은 천 년
거대한 바위 하나가 주먹만해졌다

나도 둥글둥글 닳을 수 있을까

들녘에 뒹구는 수 많은 돌맹이들은 누구의 사리인가

물방울 스킨쉽
흑요석의 부드러운 피부는
먼 이국에서 갓 태어난 아기의 엉덩이
아프지 않게 깨물고 싶은 뺨

돌 속에서 수행 중인 승려
세상이 어지러워지면 그 때 다시 태어나리라던 라마
수석꾼의 좌판 위에서 햇볕을 쬐고 있다

부처를 찾아헤매느라 강은 쉬지 않고 흐른다

가장 훌륭한 것은 물처럼 되는 것, 이라고 노자는 말한다. 물은 모든 것을 위해 섬길 뿐, 그것들과 겨루는 일이 없고, 모두가 싫어하는 낮은 곳을 향하여 흐를 뿐이라고. 티벳은 물과 같다. 무엇과도 겨루지 않으면서 만물을 이롭게 한다. 더러운 것을 씻어 정결케 해준다. 물에다 더러운 걸레를 빨 때 물은 걸레를 나무라거나 정죄하는 것이 아니라 아무 말 없이 그것을 그대로 수납한다. 세상 허물을 대신 지고 가는 셈이고, 이렇게 세상 허물을 짐으로써 세상을 깨끗하게 하는 것이다. 그들을 이롭게 할 뿐 그 공로를 인정받자거나 그들 위에 군림하려 않는 물. 그저 그들 밑에서 묵묵히 섬기는 일을 할 뿐인 물. 오체투지의 삶이 바로 티벳의 삶 아니던가. 물의 삶이 그러하지 않은가. 그러고보니 성경에도 루가복음 14장 11절에 누구든지 자신을 높이는 자는 낮아지고 자신을 낮추는 자는 높아질 것이다는 말씀이 있다. 누군가에게 무언가를 베풀었을 때 그들이 너에게 보답할 수 없기 때문에 행복할 것이라는 말씀도 여기 생각해본다.

부처에게 전보를 쳐라

덕진 연못 연꽃좌대 비었으니

언제고 한 번 들리시라고

소리는 신통치 않지만

작은 바람에도 직직거리는 확성기 모아놓고

어느 스피커에서 소리가 날까

진언 들을 준비 마쳤다고

벤취들

어느 것이 이 낡은 기계의 볼륨스위치인가

누군가 감아놓은 태엽, 호수가 돌고 있다

태양열로 충전 중인 못물

아침이면 하나 둘 찾아오는 노인들

기다리는 동안

트롯이나 뽕짝 틀어놓아

잠시 엉덩이 붙인 부랑자

햇볕에나 흔들려

검은 연밥 마이크 붙잡고

목청껏 소리 질러도 들리지 않는

늪에 고개를 쳐박고 끝나버린 노래나 들으면서

기다리겠노라고

켜켜이 쌓여있는 우레소리

누가 들춰보지도 않아

가만 귀 기울이면

먼 이국의 아침에 울리는 자전거 방울소리인가

먼지 뿌연 거리에 누워있는 와불

잠결 뒤척이는 옷자락 소리 들린다

목백일홍 출렁 연못을 가로질러 가고

연잎 주둥이 활짝 열고 빛을 받아모시는

덕진호수 연잎좌대 텅 비었다고

울퉁불퉁 패인 홈 짚느라 무뎌진 바늘 끝

떠도는 부처 한 번 들렀다 가시라고

멀리

길이 꿈틀거린다

일어섰다 엎드리고 일어섰다 엎드린다

가까이 보니 오체투지 순례 중인 사내다

영락없는 걸인, 이 사람일까

태어나 일 년,

짧은 인연을 맺고 가버린 아이

원치 않는 환생도 있어

잠시 머물다 간 아이

어항 속에는 금빛 옷을 걸친 물고기가 있었다 물고기가 커서 어
항이 작았고 어항이 작아서 물고기가 컸다 처음 보는 물고기여
서 한참을 들여다보았다 꿈을 꾼 다음 날 아침 나는 아끼던 유리
그릇을 깨트렸다 바닥에 떨어진 그것은 산산조각이 났다 파편들
의 울음이 날카로웠다 거실에 쏟아진 물이 발목까지 차올랐다 물
고기는 보이지 않았다 어항도 자취를 감췄다 아무래도 신은 내가
이 아이를 키울 수 없을거라 생각하셨던 모양이다

시간이 흘렀던가

깨진 유리조각들을 방안에 쓸어넣고 한 남자가 문에 못질을 하고
있었다 쾅, 쾅, 열 수 없는 문이 생겼다 꿈이면서 동시에 현실이
었다 그 뒤 며칠은 기억에 없다 언뜻언뜻 꽃무늬가 예쁜 잠옷을
사러 돌아다닌 기억밖엔.

순례자는 구걸을 하지 않는다고 했다. 가이드는 돈을 주지 말라
고 했지만 가진 것이 믿음 밖에 없는 그에게 건넨 10위엔은 아무
래도 작았다.

구르는 천둥씨에게

여기는 꿈과 현실의 중간
구르는 천둥씨 당신의 말대로
좀 더 자세히 말하자면
기도하는 사람이 너무 많은 이곳
그래서 나는 걸어다니는 나무

꿈도 아니고
현실도 아닌 이런 애매한 곳에서
생각 없이 떠도는 게 좋아
외투 안으로 파고드는
차가운 유령,
당신의 꿈속을 지나치는 나는 현실이지
숨겨둔 열매를 찾아 부스럭 거리는 청설모는
엄마를 잃고 울던 내 어린 기억의 시니피앙,
벌레들에게 다정한 안부를 전하는 새들의 부리가
죽어가는 나무를 두드리는 동안
나는 조용히 기다려줘야 하지
이럴 때가 좋아
꿈과 현실의 중간에 있는 거
이런 애매한 곳에서 떠도는 게 좋아
내 꿈과 현실의 중간에
긴 겨울이 있다는 게 정말 좋아

점심 식당에서 만난 오체투지 청년
그을린 얼굴 속에서 누런 이가 웃고 있다

열 일곱 살인 그는 벌써 늙어버렸다

한 여름에 겨울옷을 입은 것은 그가 할 수 있는 유일한 상징

생은, 더러워질까 염려하지 않는 옷 한 벌

그 옷을 지키기 위해 덧댄 가죽 앞치마는 구멍이 나고 후줄근한

바지는 얼룩인 듯 드러났다

종잇장 만큼 얇아진 나무 장갑

붉은 끈이 달린 배낭 속엔 말린 야크 포와 보릿가루 조금 뿐

찌그러진 그릇,

그의 손바닥에 10위엔을 쥐어준다

색실로 짠 벙거지 모자가 웃자 벌어진 앞니가 보인다

더 많은 나무 장갑과 앞치마 그리고 끼니를 채워줄 늙은 수레꾼

은 없다

짬빠와 차 한 잔이 식사의 전부, 그는 경을 읽는 대신 구걸을 한다

아이야,

나를 떠나버린 아이야

우리가 또 만났구나

우리 서로 알아보지 말자꾸나

하루 6키로. 퉁퉁 부은 무릎은 보이지 않는다

고무타이어로 만든 앞치마에 가죽을 덧대어도 가슴에서 발끝까지
든 멍은
비와 눈을 피할 줄 모른다

고통을 ‘나’라고 여기는 ‘너’

사람의 몸으로 태어나기 어려운 일
인생을 낭비하고 싶지 않아 길을 떠났다
어차피 죽을 몸, 길에 바치기로 했다
죽음을 위해 기도하는 동안이 가장 평안하기 때문이다

구걸 수행 중인 부처
독수리가 되어 하늘을 날고 있다

어디에서 걸어왔는가
때가 잔뜩 탄 옷
저 옷을 벗어버리는 날
오래 입던 낡은 옷을 벗어버리는 죽음

코발트 블루

세상의 푸른 빛은 모두 티벳의 하늘에서 온다

가지치기로 꽂아놓은 나무막대기

저 홀로 뿌리를 내리고 잎을 피워 가로수가 된다

바람이 분다

초록빛 대지가 흔들린다

사는 동안 바람이 스치우면

세상의 모든 바람이 여기서 시작되었다고 말할테다

얄룽창포 가는 길

해발 4천 794m의 캄바라 정상에 오르면 있다

티벳의 3대 성호聖湖, 암드록초 호수

까마귀 울어대던 들판이 보이지 않는다

가사장삼을 걸친 라마승들도 보이지 않는다

공중에 떠돌던 불경 새긴 색종이도 보이지 않는다

송백향 더미나 야크똥에 불을 지핀 보리겨의 연기도 보이지 않는다

천국!

푸른 보석
선녀의 호수
호수를 지키던 여신이 티벳 최초의 왕비가 되었다는 전설이 내려
오는 곳
지수화풍으로 흩어진 육신들의 영혼이 머무는 샹그릴라!

흘러들어오는 곳도 없고 흘러내려가는 곳도 없는 물로 전기를 만
들어
광야에 한 점 불빛이 되는 호수

구름이 풀을 뜯는 동안

보리밭 이랑이 끝나는 둔덕에 양치기 모자가 앉아있다
처음 본 그들에게 손을 흔들며 다가간다
그들은 나를 기다려주었다

아무 것도 모르면서 사랑한다는 것
그것은 사랑의 신비

세 살 박이 아이 얼굴에 태초의 웃음이 묻어있다
어린 나이에 늙어버린 엄마의 얼굴에 태초의 평화가 묻어있다

꾸밈없는 맨 처음의 그 것

한낮의 정적을 유지하려는 듯
심심할 것도 없는 6월
두 사람 곁에 가만 앉아본다
엄마와 아이 사이에 하늘과 땅이 있다
사랑할 수 밖에 없는 사이

양들이 풀을 뜯는 동안 성모의 품에 안긴 아이
어린 예수인가,

구름을 키우는 사람들
한 마리, 두 마리, 머릿 수를 세어본 적 없는 양떼
곱슬곱슬 흰 털을 가진 물방울 무리들이 키 작은 풀을 뜯고 있다

구름이 멀리서 풀을 뜯고 있는 동안
양치기 모자가 할 수 있는 가장 아름다운 일은 기다리는 것

엄마는 끈에 돌멩이를 하나 매달아 시계방향으로 몇 바퀴 빙빙

돌리며 양들이 가야할 풀밭을 향해 던진다

올려다 본 하늘의 가오리 구름 떼

사람이 될 구름들

구름이 된 사람들

내 안에 툭, 돌맹이 떨어지는 소리 들린다

곰 티벳어로 명상이라는 뜻

고통을 줄이고 행복을 가져다주는 첫걸음

마음을 침묵시키는 것

찾아오는대로 받아들일 때 찾아오는 평화

있는 그대로 받아들일 때 찾아오는 행복

웃으면서 행복해지는걸까

행복해서 웃는걸까

사진찍는 걸 마다하는 노파였다

몰래 카메라 셔터를 누르자 웃으셨다 웃어주셨다

백발의 노파가 바닥에 몸을 내려놓는다

고개를 숙이고

허리를 숙이고

무릎을 굽히고

바닥에 엎드린다

졸참나무 산에 전해 내려오는 이국의 민요

아이처럼 그녀를 따라다닐거야

구름도 꽃들도 돌멩이도 바람도

그녀의 손을 잡고 치맛자락 가까이서

그녀의 손길이 쓰다듬어주길 기다릴거야

숲으로 돌아갈 날만을 기다리는 그녀와 밭을 갈고

씨앗을 뿌리고 흙을 덮어줄테야

늙었으니 가야지

끼니 없는 저녁들을 위해서 그 숲에 어서 가야지

돌에 이를 부딪혀 깨트려서라도

먹을 것 씹는 이를 부러뜨려서라도 가야지

아들아 지게를 준비해라

숲에 갈거야 날을 잡아다오

슬플 수 없는 노래

죽음은 오래 입은 낡은 옷을 벗어버리는 것

입에 고인 핏물 뱉어내며

듣기 싫은 말이 들릴 때 틀어막을 귀마개 한 쌍 챙길거야

그녀를 업고 떠나는 길

아직도 밭을 간다는 건 옳지 않아

높고 깊은 산과 계곡을 지날테야

까마귀가 기다리는 길목에 잠시 앉아

나무 뿌리에서 떨어지는 물 받아먹고 돌아와

새 한 마리 날아가는 거 지켜볼거야

적갈색 장삼을 걸친 소년이 향탑 뒤에서 졸고 있다

시작도 끝도 없는 문양, 따시따개
원圓의 변형 만다라가 야크의 털로 짠 검은 천에 새겨져 있다

시작도 끝도 없는 순환
어디서 왔느냐보다 어디로 가느냐고 물어라

모래로 만든 화엄의 세계
의식이 끝나면 비로 쓸어버릴 문양
삶과 죽음의 둥근 수레바퀴 위에서
제라늄 화분에 물을 주는 넓은 이마의 승려가
물조리에서 빠져나오는 투명한 눈물로
꽃을 키우고 있다

4월은 꽃이 피어 환한데

집은 잇몸을 뚫고 나온 사랑니

골목 깊숙한 곳에 박혀 아프곤 했다

해가 기울었으니 서쪽
둥지에 든 새처럼 어둠에 들고 있다

벽과 창이 지붕과 하나였다는 듯 섞여있다

어두운 골목 끝
한무더기 폐기물 위에
교미를 끝내고 수컷의 머리를 씹고 있는 암컷 사마귀
붉은 포크레인이 쉬고 있다

집을 나간 식구는 돌아오지 않고
집을 나가본 적 없는 식구는 한발짝도 나서지 못하는
이상한 시간들

그림자 때문에 완성된 집 한 채
건너편 담벼락에 흰 그림자를 남기며 사라지고 있다
사라진 집 때문에 뒤안의 나무가 보인다
가려진 벽이 보이고
닫힌 문들이 드러난다

5월 불쑥, 징그러운

죽은 나무에도 잎이 돋아

삐죽, 나무가 뱉아놓은 때죽꽃의 잎사귀들

잎을 갉아먹기 시작한 애벌레들에게서 연녹색 솜털이 돋는다

실뭉치 혹은 보푸라기

제 몸에서 실 한 가락 풀어 내려온다

길은, 그렇게 제 몸에서 걸어나온다

새들의 지저귐에 듬뿍 묻어있는 영양

꽃이 피거나 말거나

꿈틀거리는 것이 징그러운 여자가 걷고 있다

한가함이야말로 찬란한 고민

나뭇가지 사이에서 빛으로 쏟아진다

갉아먹은 나뭇잎이 벌레의 날개가 되려면

눈 밝은 동박새가 한 눈을 팔아야 하는데

흔들려본 기억조차 없이

날개가 돋는 일보다 징그러운 일 없어
바람 홀로 천국의 5월을
하얗게 물들인다

죽어가는 나무들도 그의 손에 가면 희한하게 다시 살아나게 하는 사람이 있다. 잘 자랄까, 지나치게 보살피고, 들여다보고, 건드려보고 간섭하지 않는 것. 나무를 귀찮게 하지 않으면서 돌보는 것이 비법이라고 했다. 나는 내가 사랑하는 것들을 귀찮게 하고 있진 않은가.

옴마니반메훔
옴, 은 순수하지 못하고 정화되지 않은 상태에서 순수하고 정화된 상태로의 도달을 상징한다
마니, 는 보석이란 뜻이지만 주기적인 윤회의 인식과 평화로의 회귀를 기원한다
반메, 는 연꽃이란 뜻이지만 진흙 속에서 발원하는 아름다움처럼 고통이나 존재에서 의미가 없다는 지혜를 깨닫는 것을 뜻하고 훔, 은 지혜와 질서를 뜻한다
여러 가지 재앙이나 병환, 도적 등의 재난에서 관세음보살이 지켜주고, 성불을 하거나 큰 자비를 얻는다고 한다. 그냥 외우기만 하면 그 자체로 영험을 얻을 수 있다.

걸인 악사

식당 앞에서 노래를 한다

나는 부자와 비교했기 때문에 가난하다

나무기타 줄을 튕기는 노랫소리는 행복도 불행도 아니다

내 몸에서 이렇게 단순하고 편안한 노래가 나오다니

고통과 시련이 죄악 때문이 아니라

신이 나를 사랑해서 허락한 것이라니

외로운 자신을 사랑하기로 한다

울음도 웃음도 아닌 노랫소리

사랑은 채워지지 않는 것

단순한 리듬이 반복된다

날개를 잃었으나 아름다운 노래를 부르는 가릉빈가,

관광객이 식사를 다 마칠 때까지 사랑을 노래한다

베풀지 않는 것은 죄

너와 눈이 마주쳤을 때
세상에서 가장 위험한 동물 우리 속의 거울이 보인다
너무 많이 가져서 불행한 내가 보인다
너무 많이 먹어서 불행한 내가 보인다

한나절 노래에 맞춰
사원의 지붕 위로 수레바퀴가 굴러간다
길이 사람을 돌리고, 바람이 산을 돌리고, 구름이 하늘을 돌린다
삶과 죽음이 단순한 노래에 맞춰 반복된다

내 고통의 원인은 내게 있다네

나무 기타의 후렴구가 길다

모든 것에 그렇게 큰 의미가 있진 않아, 그냥 사는 게지

마두금의 공명소리
바람이 실어온 말방울 소리와 어울린다

초원에서 날뛰는 조랑말의 말방울 소리, 말방울 소리

늪은 깊지 않아도 목숨을 빼앗아
진흙투성이 노랫말 비틀거리며 걷는다
그 때 울어주던 말방울 소리, 말방울 소리

길은 다른 길에 이어져 끝이 없었으므로
나는 노래와 함께 길을 떠난다

메두사의 눈빛이여 안녕
헝클어진 머리카락이여 안녕
모자 속에 담긴 배고픔이여 안녕
너의 몸에서 풀려나오고 있는 사랑이여 안녕

사랑하지 않아서 사랑한다 말했던 고백들이여 안녕

기억 저편의 여정

6월 초원에 허리를 구부리고 풀뿌리를 캐는 사람들
엄지손가락만한 흰 구슬 약초, 패무를 뒤지는 사람들이 보인다

어둠이 맺은 열매여서 약초가 되었을까

지상에 떨어진 별들의 흰 결정체를 찾고 있다

돌담 사원의 마니차를 돌리며 아침을 맞는 사람들

마니차는 종을 울리며 돌고

길 떠날 사람들의 무사기원을 위해 차와 향기를 바친다

그들의 미소에 뜻 모를 눈시울이 붉어진다

강을 건너는 나무다리 흔들리고

높은 산에 올라 바람에 찢긴 오색천 룽다에 마음을 매단다

향을 피우고 곡식을 태우는 연기가 가족의 안녕을 지켜줄 것이다

모든 움직임에는 건너감이 있다

멀리 보이는 길,

닳아버린 발바닥에 편자를 박고

좀처럼 길들여지지 않는 풍경을 몰고 홀로 걸어간다

고독과 두려움을 바치며 간다

쉴 수 있는 곳까지, 풀이 있는 곳까지 간다

그곳에 닿아 끓인 찻물에 야크버터를 넣은 수유차를 마셔야지

우기의 웅덩이에 비친 설산

붉은 색실 방울을 단 노새의 푸른 식탁

힘든 고개를 마다하는 말들을 빵으로 유인한다

거센 바람이 그들을 시험에 들게 하지만

한 되 두 되 보리를 달아주고 소금자루를 받아올 것이다

좁은 내리막길에서 굴러떨어지는 송이자루들

간밤에 풀어놓은 말들이 사라져 찾아나서는

말몰이꾼의 하루는 불경을 외는 것으로 시작된다

구름 그늘은

사구에 흘러내리고

바람이 몰고온 협곡의 말방울 소리는

외줄에 매달려 강을 건넌다

초원을 바라보며 노래를 부르는 눈 덮인 동쪽의 고원

가족을 떠나고 싶지 않지만 오늘도 말과 함께 떠나네

가족을 떠나고 싶지 않지만 오늘도 말과 함께 떠나네

마부들의 노랫소리가 허공을 걷는다

구불거리는 강,

두려움 많은 나를 부추기는 보헤미안의 피

강을 건너지 않으려고 걸었던 길이 끊어질 듯 흐르고 있다

돌덩이로 바람을 잡아둘 순 없는 법

나는 늙는 중이다

얼굴, 영혼의 얼굴

나는 늙어서 주름이 많아졌고, 들창코에 눈도 깊숙이 꺼져있어서

이제는 그런 모습으로만 나를 알아보게 되었다는 고야의 판화

동판에 쇠끌로 그어 만든 얼굴

각인기에 끼워 찍어낸다

주름살 깊은 내가 태어난다

수 백 장, 수 천 장의 어머니가 만들어진다

물레에 시간이 감긴다

양털로는 흰 구름을
야크의 털로는 검은 구름을

누가 이불을 털었나
낮과 밤이 먼지되어 날린다

나는 실 잣는 노파의 전생인가 후생인가

햇솜 구름들 한 주먹씩 몰려온다
무거움도 잠시, 비가 되지 않는 구름들 물레에 감긴다

인간에게 일탈이란 죽을 때 한 번
목숨의 댓가는 죽음 밖에 없다는 걸 알아
신도 자신의 몫을 챙기시므로
햇볕 나른한 오후의 한가로움을 물레에 돌린다

쫓는 것 없는데 쫓기며 살았다
세상에서 가장 슬픈 일
나 아닌 것을 내 안에 담으며 살았다
그래서 영혼의 자리가 늘 비좁았다

어깨 넓이만큼 두 팔을 내밀고 있으면

젊은 엄마가 내 손목에 감아주던 실타래

그 부드러운 시절이 느껴진다

코가 큰 대바늘에 꿰어 아침과 저녁을 지어야겠다

구멍 숭숭 뚫린 올 굵은 스웨터의 가을을

이름 없는 꽃무늬 주머니를 가진 봄을

소나기 후두둑 별안간 쏟아지는 여름을

녹지 않는 눈이 내리는 겨울을 지어야겠다

늙어서 평화롭게 죽는다는 건 별자리까지 걸어간다는 뜻이다 −고흐

멀리 룽다의 그물이 산을 오르고 있다

희망을 품고 산을 보아라, 구원은 거기서 온다

칭기스칸의 말에 색색의 수를 놓는다

한 순간에 흩어질 만다라

바람이 절을 짓는다

하나의 기둥을 세우고

또 하나의 기둥을 세우려 하면

먼저 세운 기둥이 쓰러진다

내가 슬그머니 기둥이 있던 자리에 서자

기둥은 더 이상 넘어지지 않는다

기왓장들이 삼삼오오 몰려오고

흩어진 주춧돌들이 절터를 일으켜 세운다

주차장이 된 연못이 꿈틀거린다

어딘가에 부딪혀 돌아온 소리가

기둥이 서있던 자리에 선다

벽이 내 어깨를 짚고 일어선다

그러자, 바람이 벽 위로 지붕을 얹는다

암, 수컷 기와들이 차례로 줄을 선다

늦은 저녁 새들의 소리가

처마밑에 탱화의 밑그림을 그린다

뒤늦게 수습되어온 얼굴 없는 부처와

탑신만 남은 석탑이 제자리에 앉는다

내가 부처의 옷깃을 잡으려 손을 내밀자

바람이 하던 일을 멈추고 달아난다
건너편에 서있던 메아리가 따라나선다
멀리가던 향기마저 뿔뿔이 흩어지고
주춧돌은 다시 발길을 잃는다
나는 기둥이 서있던 자리에서 빠져나온다
와르르, 흔적도 없이 절이 무너진다

튜브 속의 정물

붓은 모른다
붉은 노을을
낙타나 여드름 자국, 반점 혹은 가위에 귀를 기울이는 건
캔버스 귀퉁이에 앉아있는 붉은 의자 뿐이다

한 트럭 쏟아진 벽돌은 지폐뭉치를 닮았다
선인장이었다가 산호초였다가 주름치마가 되는 벽돌
입술이 감춘 정물에 대해서
붓을 쥔 화가는 모른다

노을은 벽돌담으로 진화하고
첫 미술시간의 경험을 마친 파레트의 새똥자국은
튜브 속에 귀를 기울인다 다시 한 번
서로를 알아보지 못하는 한 몸을 섞어본다

피와 달과 애무의 순서로

다시 백 년 후,

아침 숲길에서 온몸에 금빛을 띤 개구리와 마주친다
금와!

둘다 가던 길을 멈추어 서서 서로를 바라본다
서로에게 아무런 말도 행동도 필요없는 마주침
모든 인연은 그렇게 마주친다

금와사 본전 뒤편 바위 구멍에서 수행 중이시라던 금와보살
선한 사람의 눈에만 보인다더니
좁고 가느다란 어둠에 살면서 웬만해선 출타하지 않는다더니
왜 이 먼 곳까지 오신걸까

간절했던 오래 전의 일

어느 날 문득, 특별하지도 않는 어느날 이루어진다는 것을 안다

서로를 바라봄,

합장도 없이 돌아서 걷다가 뒤늦게서야 부질없는 소원을 빈다

길 위에서 마주친 젤소미나

더 이상 울지 않는 젤소미나

나팔을 잃어버린

북을 치며 춤추지 않아도 되는

마음씨 고운 언니와 수줍음 많은 조카가 생긴 나의 젤소미나

귀족들의 집을 구경하는데 100위엔. 그보다는 평범한 민가를
보고 싶어 길가의 잡화점에 들러 주인에게 뜻을 얘기했다. 그
옆에서 얘길 듣던 한 남자가 우리에게 흔쾌히 자신의 집을 보
여주겠다고 했다. 그를 따라가 본 집은 티벳의 여느집 처럼 2
층이었다. 아래층은 곳간과 야크와 소들이 살고 이층은 사람들
이 살았다. 방이 다섯 개 였는데 창고 처럼 많은 물건들이 있
었다. 16살, 임신중인 며느리가 예뻤다. 오래 된 항아리, 야크
의 가죽과 고기가 빨랫줄에 널려있었다. 실내에 작은 부엌과

화로가 있었고 거실 한 쪽에는 주식인 보릿가루가 담긴 통나무 그릇이 있었다. 그들은 끼니로 이 보릿가루를 한 숟가락 입에 넣고 야크젖을 먹는다고 한다. 벽쪽에 세워둔 색색으로 치장된 그릇장의 문양은 색색의 꽃들이 그려져 있어 아름다웠다. 그릇장 위에는 가족사진 액자가 있는데, 어릴 적 시골 할머니댁 문지방 앞에 걸어놓았던 그 액자 같다. 가족들의 시간을 기억하는 건 어디고 같은 모양이다. 침실에는 시어머니와 며느리가 양과 야크털로 실을 짜는 베틀이 각자 있다. 처마와 벽에는 사찰과 같은 단청과 벽화들이 화려하다. 그 중에서도 복숭아가 서로 자기 것이라고 우기는 코끼리와 원숭이와 토끼 그리고 새가 그려져 있는 벽화는 포탈라에서 보았던 그 벽화였다. 그들의 다툼을 보시고 서로 베풀고 나눠야 한다는 지혜를 위한 그림 그대로 살아가는 사람들이었다.

아, 말을 한다는 벽화!

복숭아 나무 아래
코끼리 머리 위에 원숭이
원숭이 머리 위에 토끼
토끼 머리 위에 새 한 마리

콧수염을 기르고, 특이한 모자를 쓰고
두꺼운 승복을 입은채 달라이라마 옆에 앉아있다는
조캉사원 구시 칸의 그림 하나가 가끔 말을 한다는데
그림 속의 구시 칸이 달라이라마에게 절을 했다는데

코끼리의 목소리와 원숭이의 목소리와 토끼의 목소리와 작은 새
의 목소리가 들린다

복숭아를 내 것이라 우기지 않기!

홍실 청실, 비단실을 꼬아 머리에 틀어올린 고부의 얼굴
그을린 얼굴의 미소는 그 어느 장신구보다 아름답다

먼지 가득한 신혼방의 세간들
색색의 털실로 양탄자를 짜고 있는 베틀은
다른 색들의 조화에서 아름다움이 시작된다는 것을 다시 안다
씨줄, 날줄의 어울림은 그 어떤 무늬도 만들어 낼 수 있다는 것을
베풀다, 는 있어서 할 수 있는 것이 아니라는 것을

창문을 열고 탁, 탁 털었으면 싶은 마음의 양탄자들

아이와 눈이 마주쳤다

무심히
나를 바라보는 아이의 눈

어디서 보았더라

어디서...

오모크로 가는 황제펭귄의 눈빛. 생명을 탄생시키는 곳으로 가는 푯말은 어디에도 없다. 빙산의 위치를 따라 걷는다. 유빙을 보며 잠시 망설이나 이내 움직인다. 한 번도 가본 적 없는 길을 간다. 뜨거운 피 속에 기억되어 있는 길. 기억 때문에 뜨거운 피. 출발이 늦어 무리에서 떨어져 길을 헤매던 눈. 먹이를 찾아 바다로 떠난 암컷이 돌아오길 기다리던 수컷의 눈. 발등에 올려놓은 알이 부화되길 기다리던 수컷 펭귄. 얼어버린 바다의 숨구멍을 찾다 천적 얼룩무늬 바다표범과 마주친 암컷의 눈. 움직여야 얼어죽지 않으므로 서로의 몸을 비벼가며 조금씩 움직일 때 실수로 떨어뜨린, 순식간에 얼어버린 알을 바라보던 눈. 부화된 새끼 펭귄을 노리고 날아오는 노란 괭이갈매기들을 쫓던 눈. 몸 속에 남은 최후의 식량을 토해 새끼에게 주면서 바라보던 눈.

주머니에서 사탕 몇 알 꺼내어 아이의 손에 쥐어준다. 마주친 눈빛에 대해 기억하려고 애쓰는 건 나 뿐이었다. 나는 무엇을 기억하려 애쓰는가. 어떤 기억이 느닷없이 드러날 것인가.

언제

어디서

누굴 만나든

네가 나를 바라보듯

무심히

그렇게 바라볼 수 있기를

촘롱에서 시누와로 가는 계단들아

꽃을 꽃이라 부르면 꽃이 죽는단다 꽃은 이름 전에 자기만의 존
재란다 나무를 그냥 나무라 부르는 것도, 기욤나무라고 나무의
이름을 딱 꼬집어 기억해내려는 것도 옳지 않단다

오랫동안 걸어 사원에 도착했다
그녀는 이제 텅 비었다

다 이루었는데 공허

아마도 이번 생은 위로가 필요한 곳
언젠가 나의 어머니였던 여자

그녀에게 꽃을 주면 화병이 될 것이다
날개를 달아주면 새가 되어 날아갈 것이다
입김을 후– 불면 흔적도 없이 흩어질 것이다
건드리면 그 모습 그대로 넘어질 것이다

노간주 나무 아래 앉아있는 공空

맑은 하늘에 떠있는 달이 호수에 비친 듯 하지만

달은 저 호수에 다다른 적 없나니
하늘은 무지개가 나타나도 우쭐거리지 않고
구름이 나타나도 실망하지 않나니
하늘은 그저 깊은 충족감으로 가득할 뿐

서른 개 바퀴살이 한 군데로 모여 바퀴통을 만드는데 그 가운데
아무 것도 없음 때문에 수레의 쓸모가 생겨나고, 흙을 빚어 그릇
을 만드는데 그 가운데 아무 것도 없음 때문에 그릇의 쓸모가 생
겨나고, 문과 창을 뚫어 방을 만드는데 그 가운데 아무 것도 없음
때문에 방의 쓸모가 생겨난다*고

그녀의 기원에
그을린 창문이 새로 태어난다
경을 읽는 촛불의 그림자가 흔들린다

사원 뒤뜰, 승방 마당에서 어린 승려 둘
머리를 맞대고서 무엇을 속삭이는가

   * 〈도덕경〉, 노자

저기 저 평화

타.인.을. 위.해. 자.신.을. 희.생.하.는. 이.타.에.서. 온.

까까머리 동자승의 한가한 오후는 악마가 흉내낼 수 없는 평화

별을 보기 위해 여행하는 자가 보았더라면

영혼은 모두 별에서 와서 별이 되어 돌아간다고 믿는자가 보았더
라면

저 두 동자승을 염소와 당나귀 처럼 별이라고 불렀을텐데

타쉬룬포 사원의 뒤뜰에서 할머니 세 분을 만난다

그늘 피해 다가오는 내게 작은 찻잔에 무언가를 따라주신다

요구르트 한 잔, 발효된 막걸리 맛

싫지 않아하는 눈치를 보시더니 한 잔 더 주신다

입을 다시며 괜찮다고 했더니 한 잔 더 주신다

취기가 오른다 벌개진 얼굴

할머니들의 웃음이 온 몸에 퍼진다

기억과 추억 없이 사랑할 수 있는가

잊지못할 추억이 또 하나 생겼으니 나는 얼마나 행복한 사람인가.

가진 것을 망설임 없이 주는 마음이 온 몸에 퍼진다

시에라 사원의 장미들은 다 어딜 가셨나
조캉사원에 마실가셨나
문화혁명 때 두동강 나버린 8세 부처등신상
선조들의 합장 영탑 순례 떠나셨나

뒷산의 조장터가 점점 멀어진다

'아, 죽음이 다가오는 줄도 모르고 꾸물거리는 자여
그대도 이번 생을 쓸데 없는 일에 모두 바치고
귀중한 기회를 놓쳐버리는 어리석음을 범하고 있다'
                    ―여섯 바르도^{죽은자들이 머무르는 곳}의 서시 중에서

있다가도 없는 길을 만나면 길을 만들어 가야한다
아주 먼 곳, 바람과 먼지의 도시
6월에야 눈이 녹는 곳에서 순록을 키우는 그대가 있다
나무 한 그루 자라지 않아 붉은 사슴 무리가 보인다

밤이면 늑대가 순록을 잡아먹지 못하게
인디언의 천막에 허수아비를 세우는 그대가 보인다

티벳은 일 년 내내 축제가 있다. 석가모니의 탄생, 깨달음과 입적을 축하하는 사카다와제, 등명제등 다양하다. 화려한 색의 가면과 의상을 입은 승려들이 북이나 심벌즈, 호른에 맞춰 독특한 춤을 춘다. 지켜보는 사람들은 아무런 소리도 내지 않는다. 설날 아침 영하 20도가 넘는 혹한의 산 정상에 걸린 소원을 바라는 깃발 앞에서 경문이 쓰여진 종이를 뿌리는 겨울축제도 유명하다. 매년 8월11일. 티벳력으로 6월말에서 8월초에 라마교 사원에서 '쉐둔제'라는 축제가 열린다. 일명 요구르트 축제라고 하며 이 축제는 마치 법회라는 말이 더 어울린다. 승려들이 회당에서 야구르트를 먹으며 의식을 치루는 형태이기 때문이다. 예전에는 불교 규정에 따라 승려들이 여름철에는 사원 밖으로 외출이 금지되고, 여름이 끝나야 외출을 할 수가 있었다. 그래서 그들의 여름 고행과 수련이 끝나면 가족들은 산유신우유를 들고나와 맞이해주었다는 데서 유래한 축제이다. 그리고 티벳은 6월6일이 단오절인데 이 때는 쫑즈라는 만두를 먹는다. 이날은 휴일인데 굴원의 넋을 달래기 위해 dragon boat festival이 열린다.

포탈라, 포탈라

라사에서 가장 먼저 보이고 가장 나중까지 보이는 성城

하늘과 땅이 영원한 까닭은 스스로를 위해 살지 않기 때문이라고

순수한 성은 우뚝 서있다

대대로 달라이 라마를 배출해내는 겔룩파의 창시자 총카파가
문수보살에게서 지시를 받아 몽골 호쇼트족 출신의 구시 칸의
도움으로 티베트 고원을 통일하고 1645년 경에 포탈라 궁을 짓
기 시작했다. 그 내용이 조캉사원의 벽화에 그려져있다.

999개의 방을 가진 사랑,
어딘가에 1개의 방이 더 있을 거라는데 그 방은 어디에 있는걸까

사랑,

여자와 바람이 났다는 6대 달라이라마의 영탑은 없다.

수많은 사랑가를 시로 지어 불렀다는 라마

탄트라 스승인지 탕자였는지 둘 다였는지 모르는

바람 소리에 까마귀 울음과 매들의 날개짓이 묻어있다

라사계곡을 둘러싼 민둥산

붉은 산, 마포리 위에 지어진 라마들의 거처

강물에 비친 달처럼 희미한 그림자일 뿐이라던 라마는 아직도 출
타 중

무기라곤 침묵 뿐인 싸움 중

마음을 비우면 세상이 보인다고

남의 자리로 옮겨앉는 시각

다른 사람의 눈으로 세상을 바라본다

인도 북부 히말라야 기슭 다람살라의 망명정부를 향해 죽음을 무
릎 쓰고 넘어가는

열려있는, 부드러움이여

성벽 중앙 문앞에서 자전거 수리점을 한다는 중국인 할아버지는
어디 갔는가
라마의 출구를 막고 사는 상징 혹은 몰락

1959년의 탄피는 아직도 마당 가득한데 포탈라는 아무 일 없었다
는 듯 조용하다

창양 가쵸의 사랑가
속인이 되어 밤마다 라사거리를 배회하던 라마
10대 소년의 방황이 노래가 되어 떠다닌다

　　　'......참선 할 때는 라마의 얼굴이

　　　참선하지 않을 때는 연인의 얼굴이 떠오르네

　　　그녀를 생각하듯 불법佛法 생각했다면

　　　부처가 되었을텐데......'

높은 회벽을 칠하느라 목숨을 잃은 새벽들이 하얗다

소녀야,

나의 인디언 이름을 너에게 주고싶다

타룰라! 솟는 샘이란 뜻이란다

그는 동물치아로 만든 목걸이를 제외하고는 아무 것도 없는 아프

리카 인디언 추장

셋 이상의 숫자를 셀 줄 모르고, 방울이나 북조차도 없어 노래가

무엇인지 춤이 무엇인지 모른단다 야자수로 아무렇게나 엮은 지

붕 아래서 불을 피울줄 몰라 일 년 내내 비와 곤충 때문에 불면의

밤을 보낸단다

우리 그를 찾아가 보지 않을래?

여섯 사람만 알면 세상의 어떤 사람도 만날 수 있다는데 내 너를

만났으니 우리 서로 만났으니 소녀야, 우리 그를 찾아가볼래?

인간이 스스로에게 고통을 주기 위해 찾아낸 모든 방법 중에 가

장 나쁜 것이 사랑이라는데

사랑 받기 위해 태어나고 사랑해야 살 수 있는 그 사랑 우리 찾아

가볼래?

그의 등에 엎힌 장신구

야성이 무엇인지 모르는 자유!

내가 가진 것은 네게서 빼앗은 것

멀리 집이 보인다
불을 지피고 물을 데워줄
빵을 굽고 차를 끓여줄 야크똥이 마당에 쌓여있다

아주 멀리
해와 달의 고향, 샹그릴라에서 온 소식,

평화!

호도협 건너온 푸른 달빛의 골짜기
좁은 기와 지붕 물조루에 떨어지던 구름들
일년의 반이 겨울인 나라

붉은 호박등 처마에서 흔들리고
바람에 날아가지 않게 눌러놓은 밑 넓은 창틀

불경 적힌 타르쵸인 양 펄럭인다

문설주에 남아있는 마른 핏빛은 어린 양의 피인가

맏배를 치지 않고 지나가던 이스라엘의 대문들
검은 그림자가 지나간다

열려있는 문들

하늘에 좀 더 가까이 오르려는 돌계단들

차마객잔의 식탁들

아래로 아래로 흘러가는 수로들

철 없이 죽은 나무에 열리는 구름들

주린 입을 대지에 대고 젖을 빠는 보랏빛 꽃들

열려있는 마음 옆에 쌓아놓은 마른 장작들

허물어지고 있는 흙담에서 홀로 크는 풀씨들

겨울을 준비하는 침묵들

마음에 뜨는 해와 달의 고향에 살고 있다

강이 흐르기 시작한다

오늘은 약초를 캐는 노파를 만났습니다

자색 승복도 황금빛 숄도 걸치지 않았지만
자신의 몸 속에 있는 좋은 공기를 세상 밖으로 내뱉고 있습니다
세상에 떠도는 나쁜 공기 안으로 들여마시고 있습니다

두툼한 자루 속에 담긴 편지들
지상에는 없는 주소를 찾아가 말이 되지 못한 마음을 배달하는
우편배달부일지도 모른다 생각했습니다 그래서 어젯밤 갠지즈
강가에 서있는 그대에게로 시작되는 쓰다 만 일기를 편지   대신
보냈습니다

오늘도 만년설은 녹아 그대에게로 흐릅니다

점토를 굽는 벽돌공장에 끌려가도 좋을 성스러운 강

,극락에 닿으려고 긴 머리를 곱게 땋은 처녀들 흙탕물에 몸을 씻
고, 극락에 닿으려고 코를 땅에 박고 돌아다니는 개들 곁에서 향
을 피우고, 극락에 닿으려고 빨랫줄의 젖은 옷들은 마르겠지요 ,
극락에 닿으려고 소들은 물 속에 들어앉아 한낮의 몸을 식히고 ,
극락에 닿으려고 채반 위의 과일들 울긋불긋하겠지요 ,극락에 닿
으려고 해탈을 꿈꾸는 제단에 자전거가 기대어 쉬고 ,극락에 닿
으려고 아름다운 서사시 라마야나가 강물로 흐르고 ,극락에 닿으
려고 강가의 계단 끝에서 붉은 챠도르의 소녀가 그릇을 씻고 있
겠지요 ,극락에 닿으려고 원색의 파라솔과 어울리는 양초들 불을
켜고 물에 떠다니고 ,극락에 닿으려고 화장터 가로등 끝에 겨자
빛 승복의 새떼들이 앉아있겠지요 ,극락에 닿으려고 ,극락에 닿
으려고

성스런 힘이 어린 만다라의 고향
사람보다 신이 많은 도시

오색의 종이 연이 자줏빛 제비를 뒤쫓고
구름은 보는 사람의 기분에 따라 모습을 바꾸는 곳

승려들과 원숭이들
향과 사원의 종소리들
요란한 소리를 내며 찻집으로 달려가는 낡은 오토바이
페인트 붓 하나만 지급받은 일꾼들이 그어놓은 거리의 흰 선들
흙점의 축복을 받은 사람들

성소의 신에게 제물을 드릴 수 있는 곳

호수 바닥에서 저절로 솟아오른 땅
매일 줄지어 기도 드리는 사람들의 행렬이 불탑에 이르고
비둘기와 원숭이들에게 대나무 쟁반에 담긴 곡식을 던져주는 곳

보다 좋은 환생을 위한 공물
돋을새김 된 구리기도문통을 돌린다
인쇄된 기도문과 주문이 빽빽이 새겨져 있는 거리에서
천국을 향한 기도문이 나온다

들소 가죽으로 만든 구두 밑창이 다 닳아버린 사람들

흙먼지를 끌고 다니고
중국제 보온병에서 쏟아지는 버터로 촛불을 켜면
사원의 황금빛 지붕보다 빛나는 황혼이 깜박거린다

부처의 마음을 담은 그릇, 보드나트의 대불탑
만월이 뜬 언덕의 동쪽 끝을 향한 돔 꼭대기에서
커다란 눈으로 나를 바라본다
첨탑의 도금된 13계단을 오르면 부처가 될 수 있다고
어둠은 버터등을 켜고 무지無知를 밝힌다

부처는 어디에 계시는가

길을 잃는다
과거와 현재와 미래가 동시에 출몰한다
사람을 잃는다
탑돌이하는 행렬 속에 아는 사람이 없다

길을 잃는 건 어디로 가야할지 모르는 것

말라를 돌리며 시계방향으로 도는 순례자들

나는 왜 그들과 함께 걷지않고 다른 길을 찾는가

사원의 종을 울리려는 사람들

신에게 바칠 공물 수레를 끌고 다닌다

종이를 먹고있는 소들

향 냄새와 썩은 야채 냄새가 자욱한 연무의 거리

모두들 부처의 시선 안에 있다

종루 앞 노파처럼 기도할 수 없으니

모퉁이를 돌 때마다 펼쳐지는 조화 속

졸음을 유혹할 것만 같은 웅성거림 속에서 잃은 발길

길을 잃었을 땐 움직이지 말라던 말과

아는 길로만 다녔던 날들이 뒤섞인다

오래되지 않은 가축의 분비물 냄새와

함부로 그어놓은 허공의 전선들이

무너지려는 나를 붙든다

갓난애를 보자기에 싸서 구걸하는 여자 뒤로

노란색 릭샤가 달려간다

주름진 구릉지대
하늘쪽으로 솟구쳐 오르는 무질서한 바람을 피하지 못한다

파괴의 신, 시바가 뾰족한 산의 왕좌에 앉아있다해도,

허공에 나타난 축복의 스카프!

여인의 바구니에 계단식 감자밭이 담겨있다
향을 피워줄 노간주 나뭇가지와 사흘 곡식 보릿자루가 담겨있다
되새김질 하는 염소가 담겨있다

흰 나귀야, 너는 왜 네 것도 아닌 짐을 지고 비탈길을 오르니
산다는 게 남의 짐을 지고 산을 오르는 일이란 말이니

무엇이 너를 미소 짓게하니

너의 미소는 우담바라

자신을 들여다보는 눈을 가진 사람들

눈의 거처, 히말라야에 오른다
만년설의 집에 머무는 풍요의 여신을 만나러
힘든 비탈길을 이마에 걸고 간다

검은 머리를 곱게 빗어 묶고, 노랗고 푸른 구슬 목걸이와 팔찌로
멋을 낸 소녀여
자줏빛 장삼을 걸친 사람들의 미소를 짐에 실었구나
험난한 산에 오르는 이방인의 안녕을 위해 노래하며 춤을 추는구나

네가 만들어준 밀가루 빵이 유일한 양식

당신이 믿는 신을 존중하는 인사가 전부인 사람들
오래 전 바다의 밑바닥이었던 히말라야여
길가에 피어있는 이름 없는 노란 소국의 꽃잎은 어느 물고기의
지느러미인가

찬드르 게스트 하우스는 꽃과 바람의 신혼여행지였다

어두워진 건너 편 산기슭에 듬성듬성 별이 뜬다

계단밭들 계곡 아래로 출렁출렁 내려가는 물소리

방울소리 바람인듯 불어온다

만병초 만발한 산기슭에 녹색과 장밋빛이 어우러진 나무그늘

몸집 작은 염소를 보았던가

밀렵꾼의 사향노루를 보았던가

롯지 부엌 불지핀 화덕 벽에서 빠짜티가 부풀고

여인들의 유일한 자랑거리, 알루미늄 접시들이 반짝거린다

별이 꼭 하늘에서만 반짝이겠는가

침낭에 누운 나는 누에고치

어떤 날개를 꿈꾸는가

엉성한 나무침대 함께 누운 어둠은 벌써 잠이 들고

나는 자연에 들고 꿈은 단잠에 든다

히말라야 여우가 사라진 숲

원숭이가 넝쿨을 타고 타잔처럼 사라진 숲

운동화 끈 구멍으로 파고드는

젖은 나무 아래로 사람이 지나가길 기다렸다 뛰어내리는 거머리들

우기를 기다린다

바람은 눈이 멀어 아무데나 부딪힌다

나뭇잎은 흔들리고

먼 호수의 물결이 떨린다

귀가 들리지 않아 깃발을 펄럭이며 제 목소리를 듣는다

시간의 환생

다시 태어나 죽고 다시 태어나서 죽는 시간이 무슨 의미인가

푸른 색을 좋아하는 사람들

하늘이 땅에 닿는다

하늘과 호수의 후예

그리운 사람의 옷을 적실 수 있는 물빛,

푸른 물감만 쓰는 화가가 있어

푸른 페인트 통을 엎질러놓은 지붕들은 흰 산과 어울린다

오랜만에 만난 토산품 가게에서 파는 물감 처럼

그들의 마음은 파란색이다

구름으로 농도를 조절하는 푸른 하늘과 호수, 그리고 마음

나의 옛 이름은 바람과 나무의 이름이라 너무 어렵고,

지금 나의 이름은 산이라던 판의 미로

죽은 사람을 위한 돌 제단에서 살아있는 자들이 쉬고 있다

죽음 위에 앉아있는 삶

신이 인간에게 느끼는 유일한 질투,

우리에게 죽음이 있어 얼마나 다행인가

죽을만큼 힘들어도 곧 죽을 것만 같아도 죽고 싶지 않은 휴식

무.거.운. 등.짐.이. 타.인.의. 것.이.라.고. 한. 번.도. 생.각.해.

본. 적. 없.는. 사.람.들.

고통을 대접하는 그들의 방식을 흉내낼 수 있을까

한 걸음 먼저 걷던 손전등을 따라 오르던 새벽

걸음과 걸음 사이에 흐르던 검은 강

고개를 들어보니

산!

전설 속의 붕새가

날개를 펴고 날아오를 준비를 한다

동이 트는 하늘, 흑백으로 칠해놓은 거친 붓놀림을 거둔다

아침이 오기 전에 날아오르지 않으면 날개를 편채로 굳어버리는
전설,

신들의 궁전이 한 눈에 들어온다

마나슬루와 다울라기리는 왜 아직 날지 않는 걸까

일출의 날개짓,

서쪽에서 남동으로 뻗은 안나푸르나의 봉우리들이 푸드득 거린다

나를 잊어버린다

사랑하는 사람 만나 나를 알아가야지

떠나온 곳으로 돌려보낸 사람보다 돌아가야할 곳으로 돌려보내
지 않은 사람이 많은 산

산에서 돌아오지 않은 사람들이 어디로 갔는지 알 것만 같다

날아가버린 새를 쫓아간 것

그것도 모르고,
신이 사는 곳으로 사람이 올라
산이 가끔 사람의 목숨을 거두어도 할 수 없다고
살아남은 자로서의 침묵을 지킨다

저기 어딘가에 살고 있을 간다르바 족이여
노래하고 춤추며 놀기 좋아하는 내게 흐르고 있는 간다르바 족의
피여
가진 것이 행복을 좌우하는 것은 아니다

사랑하는 것을 죽여라

내 마음만이 나의 숙적, 반드시 죽어야 할
죽이지 못하면 그것이 나의 모든 것을 죽일 것이다

선연히 떠오르는 어느 자객의 말,
능선에 비친 칼날처럼 날카롭다

사랑하는 것을 죽여라

나를 죽여라

다리를 건넌다.
이쪽에서 저쪽 사이에 깊은 계곡이 있다

너와 나 사이에도
우리가 삐걱거렸던 건
우리 사이의 다리가 흔들렸던 것

너와 내가 등을 돌렸던 건
우리 사이에 다리가 없었던 것

물은 소리만으로도 닿은 것을 깨끗이 씻어준다

찾지 말고 귀를 기울이면 된다
물이 알아서 씻어준다고 나무 다리, 물소리에 흔들린다

황량한 들녘의 이쪽과 저쪽 사이에서 뿌연 강물 처럼 슬픔이 흐
른다

아이의 눈 속에 보석,

수레바퀴의 한 점

그림울을 달랠 옷을 적셔야 하는 호수

내 정신을 맑게하고 늙지 않게 하는
내 눈을 밝게하고 병을 낫게하는 별자리

검은 눈동자
어린왕자의 아홉 번째 별

오래된 아득한 비밀

나의 행복한 시간을 알고 있는 통점痛點

녹색 위에 덧칠된 푸른 저녁

목구멍 깊은 곳에 놓고 삼키려는 알약

쓰디쓴 에스프레소의 마지막 한 방울

죽음에 대해 자주 말하지 말라고 했던 세익스피어의 출구

보물 있는 곳에 마음 있다 하였으니

아름다운 것은 모두 독이 있다 하였으니

꿈으로 회귀될 너의 무심한 시선

질문,

그리고 대답

나는 보여지고

아이의 눈에 갇히고

착각에 빠지는

창문,

어느 먼 이국의 노을이 저 산에 와 묻히는가

지금은 해가 지면서 동시에 달이 뜨는 때

일몰에 비친 붉은 얼굴들

쉬 꺼지지 않을 거대한 잉걸불

지금은 해가 지면서 동시에 달이 뜨는 때

한 소쿠리 감자를 사서 저 산에 묻어볼까

움막에도 모닥불은 타오르고

두고 온 집 머리맡에 켜지던 암염등巖鹽燈

호박을 찾는 광산에서 깨진 돌덩이에 비춰보던 불빛
돌 속 깊이 빛이 들어가야 불순물이 없다고
깨진 돌을 자루에 넣고 내려오던 상처 많은 어깨들

존재하지 않는 것을 욕망하자면, 얼마나 더 가난해야 하는지

어디서 감자 익는 냄새가 피어오른다

타오르고 있는 저 불빛 아래 글을 읽는 이는 누구인가

무언가 생각났다는 듯 잠에서 깨어
죽는 순간에서야 사랑했음을 확인하는
동공이 확장되는 동안 입에서 빠져나올 이름 대신
바둑 두는 여자로 기억된 여자처럼
눈물의 딸,
이름 없이 시를 쓰는 여자
바둑 두는 여자를 핑계 삼아 술을 마시는 여자

사랑하는 사람에게 쓴 편지

깊은 산길 내려가는 인편에 쥐어주고

몇 자 더 남은 마음만 꺼져가는 불에 던져넣는다

에베레스트 맥주에 취기 오르는 저녁

추위도 녹고 마음도 녹아 노래가 터져나온다

사랑은,

연극이 끝난 뒤의 무대

조명도 커튼도 모두 철수된 황야

모든 세트들이 치워진 무대 위의 적막

과거의 추억만이 진행중인 연극

주고, 애무하고, 바라보았던 욕망과는 다른

더 이상 나열할 형용사가 없는

아무 것도 위로해줄 수 없는 상실

끝나지 않을

고통 중에서도 가장 극심한

타인이 죽으면 죽는

감상적이지도 다정하지도 않는

벼락이 떨어지는 순간에 불과했던

죽어서도 존재하는 사랑,

감히 시詩를 사랑하다니

라디오 볼륨을 줄이고 빌려온 시집을 읽는다

박수소리가 들린다
창문을 열어보니 비가 내린다
어둠의 축가가 끝났나보다

시를 읽는다
나는 노처녀 처럼 심드렁하다
어둠과 비가 연애후 결혼식을 치루는데
사진을 찍고 부케를 던지는데
객석에 앉아 박수를 치는 사람들 틈에 앉아있는 나는
던져지는 부케를 기다리며 손을 벌리는 노처녀
웨딩드레스를 꿈꾸는 붉은 벨벳
신랑이 기다리는 곳까지 걸어가는 꿈
나는 혼자서 맞절하는 신부의 하객
남몰래 짝사랑했던 남자의 결혼식에서

박수나 치는 들러리

창을 닫자 박수소리가 그친다
비는 방안에 소리없이 내린다

높으면 깊어,

몸도 내 것 아니었다
한 걸음 걷고 쉬고, 두 걸음 걷고 쉬고,

산양이 먹어야할 풀을 키우려고 불을 질러놓은 땅
검게 그을린 땅이 흩어져있다

한 걸음 걷고 숨 쉬고, 두 걸음 걷고 숨 쉬고

푸른 지붕들 걸음걸음 멀어지고

삶은 감자를 점심으로 먹었던 졸음도 걸음걸음 멀어진다

세상이 멀어진다

단 하나의 길,
한 걸음 한 걸음 다가온다

욕망의 극한
결핍의 극한

변덕스런 구름 위를 걷는다
쉽게 얻어진 것은 소중하지 않아
눈송이 하나에도 지상에 제자리가 있다더니
바람의 간섭에도 눈은 제 자리를 찾아 앉는다

이 넓은 백지에 무엇을 쓸 것인가
무엇이 나를 여기까지 밀어올렸는가

어둠이 오기 전에 켜질 설원의 텐트 불빛

생과 사의 드라마

내가 찾고 있었던 것은 늘 함께 있었다

가족 그리고 친구,

구름은 나를 더 이상 유혹하지 않는다

온 세상을 떠돌아도 닿을 곳은 가슴 속,

등짐 내려놓고 그만 쉬라고

수고했다고

어디로 가라고 이 길의 이정표는 저리 높이 서있는가

티벳 고원의 번식지로 향하는 줄무늬머리기러기를 위해
인도의 늪지에서 겨울을 난 뒤 곧장 히말라야를 넘어가는 새를
위해

산은 바다에서 지금 이 순간에도 솟아오른다

어딘가에서 바닥을 알 수 없는 크레바스가 열렸다 닫힌다 할지라도
거대한 각빙들의 해일은 인다

곤鯤,
등이 몇 천리인지 알 수가 없다
파도를 일으키며 놀다가 한 번 몸을 뒤집으면 거대한 새가 되어
하늘 높이 날아오르는 새
붕鵬,
그 날개가 또 몇 천리 인지 알 수가 없다

흰 산의 가부좌,
인도로 망명가는 구름들
나이 어린 누이가 동생을 업고 가는 길을 따라간다
엄마들이 흰 산 너머로 떠나보낸 자식들이 오래도록 걷고 있다

산이 가깝게 느껴지고 윤곽이 선명할 때 조심해라
산 뒤에 숨어있는 눈구름은 깃털처럼 가벼운 구름조각을 사자使者
로 먼저 보낸단다

하늘의 무용수
설산은 나의 잘못을 잊어버리게 한다
너의 잘못도 잊어버리게 한다

한 겨울 고도에 핀 부겐베리아
아껴둔 마지막 쵸콜릿을 준다
어머니를 상실한 영혼의 밤비노들 따라온다

낡은 스웨터를 푼다
실패에 길이 감기고 있다
끊어질 듯 이어지는
길,
차마고도
황량가기 그지 없던 들녘에 풀포기 찾아 떠돌던
메리설산의 눈이 녹으면 풀을 찾아 떠돌던 목동들의 길
세상에서 가장 오래된 길이 풀리고 있다

구름이고 산이고 강이고 말이었던
한 때 추위로부터 몸을 덥혀주었던 길

작아지고 닳아서 아니라 다시 짓기 위해서

풀고 있다
구멍난 곳에서 끊기면 묶어주어야지
꼬여 풀리지 않을 때 성급히 자르지 않아야지
나를 힘들게 했다고 생각한 사람에게 가졌던 증오
내가 그를 힘들게 했다고
풀고 있다

옷을 벗는다
마음에 박힌 못에 산을 걸어놓는다
풀리지 않던 강이 발밑으로 흐르고
검은 머리 물떼 새들이 날아간다
알몸이 된 봄
봄은 와야하므로 쉐타를 푼다

얇은 린넨 천의 바람이
열 두 살의 젖가슴처럼 부푼다
초록빛으로 뒤척이는 산과
희망의 난자, 아침마다 배란되는 태양이
새 옷의 무늬로 떠오른다

실패에 감기고 있는 시간

칭짱열차가 시간을 감으며 달리지 않았던가
그 때 감긴 시간, 그녀의 허리춤에서 풀리고 있다

길!

붉은 올리브가 익어가던 12월의 지중해
둥근 기억 한 덩어리 감기고 있다

집으로 돌아가는 길이
길이 풀리고 있다

티벳은 이미 내 안에 있었다

이 책은 아주 단순한 만다라 스케치입니다.

어린 아이가 팽이 위에 그려놓은 헝클어진 선과 색 같은.

푸른 하늘과 아득한 지평선, 밤하늘의 별들, 낮의 태양, 밤의
달, 숲의 나무와 바위, 계곡과 물을 그리고 싶었으나 그 둥근
얼굴들 울퉁불퉁합니다.

티벳은 내가 선택한 여행지인 줄 알았는데 아니었습니다. 다녀
와 보니 티벳의 초대를 받은 느낌이 듭니다.

내가 누구든 얼마나 외롭든 세상은 언제나 날 초대한다는 올리
버의 말을 빌리자면 그렇습니다. 추억 속의 안나푸르나와 차마
고도 가는 길이 동행해주었습니다. 색이 부족한 나의 모래알갱
이들. 거친 들판의 돌맹이들이 뒹구는 물감들.

모자람이 없을 때 흩어질 그림. 이렇게 글이 된 건 많이 모자
라기 때문입니다.

작고 사소한 것도 처음인 듯 감탄하고 수다를 떠는 아줌마가
히말라야 산맥을 끼고 살아가는 사람들과 자연을 만났습니다.

비어있는 캔버스 앞에서 물감통을 열고 붓부터 잡은 꼴이긴 합
니다만, 가진 것을 나누고 싶은 마음이 동해서 시작된 글. 정
신적 고통을 겪고 있는 그 땅을 위해 일조할 수 있기를 바라는
마음으로 책을 엮어봅니다.

단단한 곡식이 부서져 빵이 되고, 포도주도 향수도 잘게 부서짐을 통하여 만들어지고, 질긴 음식도 입 안에서 고르고 잘게 부서져야 소화되어 양분이 된다는 히브리 격언을 생각합니다. 사람도 마찬가지란 얘기일 것입니다. 나는 돌확 속에 담긴 거친 곡식과 같고 여행은 저를 부수는 방망이와 같습니다. 고개를 숙이고, 허리를 굽히고, 무릎을 꿇고, 바닥에 엎드리는 사람들의 오체투지. 흉내낼 수 없어 글을 엮습니다.

말이 채 끝나기도 전에 멈춘 호흡. 제대로 꼴을 갖춘 문장이 없는 건 제가 느꼈던 에너지를 소화시키지 못했기 때문입니다. 티벳은 한 문장씩 지워지다가 결국 아무 것도 쓰지 못한 여백일 것입니다. 시의 행간이 아니었다면 엄두도 내지 못했을 일.

이타적인 삶을 살지 않았다면 '이타'에 대해 말 할 수 없고, 사랑한 적 없으면 '사랑'이란 말
함부로 할 수 없을 것입니다. 그런데도 굳이 '이타'와 '사랑'을 중얼거려봅니다. 둥글둥글해진 말이 제 안에 굴러다닐 수 있기를 바라면서 말입니다.

내 안의 티벳,
꽃 한 송이로 그려진 고요이길 희망합니다.